谢谢你住在我心上

连三月 著

中国出版集团
现代出版社

谢谢你
住在我心上

目　　录

chapter 1

你是我路人皆知的心事

我爱你，但什么也不说，
只看你在对面微笑。
我爱你，只有我自己知晓，
无须了解你对我的想法。
我珍惜我的秘密，也珍惜隐隐的忧伤，
那未曾化作痛苦的忧伤。
我发誓：我爱着你，
虽不怀抱任何希望，但幸福并非虚妄。
只要能够见到你，我已心满意足。
这一切就已足够。

《雏菊》——阿尔弗莱·德·缪塞（法）

愿你杯中水常温，愿你伤心有人吻，愿你身边常伴心上人。

01

叶一朵五年恋爱葬送的那一天，是在易晓生的家里度过的。

易晓生当时正在专心致志地打 LOL，和他工作时候的状态如出一辙，一脸肃然，眉头微皱，目不转睛地盯着电脑，身后地板上哭得涕泪纵横的叶一朵完全沦为了背景，终于以他重重地放回了键盘为止，他转过椅子，虚踢开了盘坐在地板上抱着纸巾盒的叶一朵，又停了停，颇为无奈地弯腰将地板上的纸团一一捡起，扔进纸篓，一边说道："你哭得我输了。"说罢走向开放式的厨房。

易晓生家的厨房和客厅是联通的，采光尤为好，做设计出生的他，喜欢干净明朗的调调，浅灰色的厨房墙壁上，挂着一排白色的咖啡杯，正中间的却是一只粉色的卡通马克杯，是叶一朵的专用杯，一眼望去十分醒目，因为实在是……格格不入。易晓生取了一只咖啡杯，又取下了叶一朵的那只专属杯，走了几步到了咖啡机面前，按下了 start 按钮，咖啡机发出了嗡嗡的搅拌声，叶一朵抽噎的声音随即被淹没。易晓生转身看了地板上肩膀耸动的叶一朵一眼，无奈地摇了摇头，转身往她的专属杯子里倒了半杯热水，又拧开一旁的矿泉水瓶，往里掺和了半杯凉水，以手腕为圆心转了转杯子，匀了匀。很快空气中弥漫起香浓的咖啡味，易晓生端着两个杯子走到了叶一朵跟前的茶几旁，将叶一朵的杯子放在靠近她的位置，自己捧着咖啡坐在了沙发上。

叶一朵闻着空气中的咖啡香气，堵塞的鼻子一下子也通了，冲着易晓生道："我要喝咖啡，才不要喝白开水！"

易晓生置若罔闻，微微叹了一口气："做事情，要专注。"想起这话叶一朵未必明白，颇为无奈地又补充了一句，"失恋要有失恋的样子。"

完全忽视了易晓生话中的嘲讽，只是听见"失恋"二字，叶一朵又忍不住哭了起来，哭了两声觉得嗓子的确有点儿干，抽泣着拿起一边的水杯咕咚咕咚一饮而尽，抹了抹泪痕，看着已经躺在沙发上玩手机的易晓生，气不过，埋怨道："每次我受委屈，你都这样，易伯伯易阿姨不是让你这样照看我的！"

这话一说完，本在沙发上摆着一个舒服无比的姿势的易晓生坐了起来，慢条斯理道："你这话就不对了。小朵，我爸妈出国前是让你们家照顾好我，你爸妈对我那真是不错，可让我照顾你可就是子虚乌有的事情了，你不会是失恋觉得自己没有人要，讹我吧？"略一顿，好似想起来什么似的，惊讶地看着叶一朵说"你……这是……新一代碰瓷？"

这次轮到叶一朵愣住了，从小她的反应就比较慢一些，易晓生在外人面前沉默寡言，可是在她面前一旦说起理来从来不输任何人，而且易晓生一直是一个高度“低智商歧视症”患者，和叶一朵讲道理本身，就让易晓生觉得自己很低智商。等到叶一朵理顺了易晓生的话，易晓生已经又躺在沙发上了，她只好丢了一个靠枕过去。易晓生看都不看，抬手接住丢来的靠枕，随手压在脖子后头继续刷手机，看着手机屏幕道：“你俩这次又是怎么啦？”作为和叶一朵从小一起长大的易晓生来说，她的恋情是在他的注视下生根发芽开枝散叶……最后凋零的。

叶一朵没有像往常那样痛斥程然，空气中能听见她抽泣的声音，她说：“晓生，他不要我了，他去美国了，我们分手了。”

易晓生有些意外地问道：“你才知道？”

叶一朵换了个姿势，索性跪在地板上，隔着沙发背一把拽住易晓生的衣领道：“你早就知道啦？为什么不告诉我！”说罢眼泪又掉了出来，在承受失恋的痛苦时，又一次尝到了友情背叛的滋味。

易晓生顿了顿，冷静地掰开了叶一朵攥着自己衣襟的手，终于流露出些许心虚道：“我……我以为你是知道。”

这话无异于火上浇油，在遭受爱情和友情的双重背叛后，她的智商也明显地被人碾压了一次，道：“我我我知道个鬼啊！”

易晓生似乎对她这样的态度习以为常，平静地说道：“繁苍楼，我带你去吃。”

繁苍楼是叶一朵最喜欢的饭店，因为太贵，两人倒是不常吃，所以每次易晓生得罪了她都会选择那里赔罪，一赔一个准儿。

叶一朵深吸了一口气，觉得易晓生完全不把自己的智商放在眼里，又气又伤心地质问道：“你当我是傻的吗？你当我很蠢对吗？”见易晓生一副“竟然被你发现了”的表情，有些得意地补充道——“繁苍楼是要预订的呀！”

易晓生叹了口气，将手机塞进裤袋，走到玄关处，一边穿鞋一边道：“我刚刚手机订了。”看见叶一朵从地板上起身走来，便将叶一朵的鞋子并拢又转了个向，使得鞋尖对着自己方向。

叶一朵点点头，觉得易晓生做事还算周道，把脚塞进鞋子里，一边哽咽道：“那个，对了，叫上你的女朋友吧。”

易晓生拿起玄关柜子上贝壳里的车钥匙，漫不经心道：“分手了。”

叶一朵嘴巴有些合不拢，惊讶地看着易晓生，油然而生一股子敬意，虽然这位还从未谋面的女生已经从易晓生的人生舞台离开，但是易晓生竟然能如此的云淡风轻，相比较自己刚刚的一系列表现，所以她麻利地擦了擦眼泪，道：“我还没抹BB霜。”

易晓生头也不回道：“没必要，你是条汉子。”

叶一朵觉得哪里不大对，可又说不上来，于是讷讷地跟在易晓生后头。在前往易晓生车子的路上，她还在惯性地抽泣着。因叶家和易家是邻居同住一小区，两家又挨着，住了这些年，小区里的邻居之间都很熟悉，所以出门遛狗的张大妈看见了这俩孩子——易晓生一手拿着车钥匙一手插在灰色休闲裤的裤袋里，叶一朵咬着嘴唇不大乐意地跟着，嘴里还念叨着别人听不清的话，活脱脱一个哥哥带着正在傲娇着的妹妹，而这种情形又十分常见，因此张大妈在看见脸上泪痕未干的叶一朵的时候，笑着道："朵朵啊，你又和小易吵架啦？哎呀呀，让他请你吃好吃的。"

易晓生虽然对叶一朵十分冷静毒舌，但这小子自小家教很好，他站定脚步，刚刚对叶一朵不耐烦的神情早已消失无踪，换作一副十分乖巧谦逊的模样道："张阿姨吃过没有？"

张阿姨的脸笑成了一朵花，一边拽着她家的金毛一边对易晓生道："等我女儿回来一起吃。晓生啊，爸妈不在国内，你没饭吃来阿姨这儿吃！"说罢又回头见叶一朵，俨然一副易晓生亲妈的态度道，"小朵啊，你得帮小易多留心留心对象啊。"

易晓生和叶一朵对视了一眼，又与张阿姨说了几句，张阿姨才拉着金毛离开。易晓生打开副驾驶的车门，又看了一眼还在擦眼泪的叶一朵，自己坐回了驾驶位，系好了安全带，发动了车子。

叶一朵情绪平静了许多，看着不远处的张阿姨，突然问道："你交往过那么多个女朋友，但是大家都把你当作需要保护的小伙子，你是怎么做到的？"

易晓生嘴角一浮："没有确定之前，不要让她接触你自己的圈子，这都不懂？"高深莫测的表情，让已经离开校园很久的叶一朵不由得想起，旁边的这位从小到大都是以学霸形象行走于同学朋友七大姑八大姨之间的。那些在叶一朵看来都没法认识的语句、公式，到了易晓生手里从来都是如庖丁解牛般游刃有余，所以他时常说的那些理论让叶一朵醍醐灌顶，却又那么的顺理成章。

叶一朵恍然大悟，这才明白为什么易晓生这些年自称谈了很多个女朋友，她却从来没有见过，因此不但周围人，连她自己，也觉得易晓生是一个青涩的没有任何恋爱经验的男子。想到这里她恨恨地瞥了一眼易晓生，随后想起了自己，叹了一口气道："所以我这些年虽然只谈了一次恋爱，但是大家都觉得我是恋爱老手。"

易晓生忍不住弯了弯嘴角，右手手腕离开方向盘，手背蹭了蹭下巴，笑了一声："我们做设计的，成稿前，不都要画很多次草图？"末了，停了停，侧过脸真诚地问她，"恋爱婚姻也是如此，有些人在一个人身上不断练习，有些人换着不同的人练习，明白吗？"

叶一朵侧脸看了看易晓生，眼中含着泪珠，答非所问道："我就是喜欢他，就是想让周围人都晓得他！"她想起她和程然认得的时候，想起他在篮球场上的身手，想起他在图书馆里的侧脸，想起雨天里他等在她的宿舍楼下……那些属于她的回忆，就在他的一走了之里支离破碎了，碎的连渣都不剩，叶一朵双手捂着脸，伏下身来，肩膀不断地颤动。

这一次易晓生没有揶揄他，他看着路况的眼睛里似乎有什么闪了闪，从什么时候起，他对这边副驾上的姑娘动的心呢？他不知道，也没法算，他和她认识十余年，就像人要喝水一样自然而然，没有轰轰烈烈的某一瞬，就像他给人的感觉总是成熟稳重的一般。或许也正是如此，他总是错过她。

易晓生的右手落回到方向盘上，轻轻地打了个方向，一切都是那么的悄然无声，路灯和电线杆将他的视野分割成很多片，好似这沿途的街景是他唯一的伴侣。

02

叶一朵自小成绩不好，理科尤其差，叶母常常质疑她的智商指数，尤其对比了发小的孩子易晓生后，更觉得她智商十分之低。就是这样的一个连母上大人都觉得她笨的姑娘，却有着让众人有口皆碑的乐观精神。面临自己理科从未及格过的状况，从高中起，叶一朵就奠定了人一定要做擅长的事情的价值观，于是她所有的订正试卷都由易晓生来做，理由是自己做了也还是会错。易晓生曾经用木桶理论来教育过叶一朵，告诉她短板是致命的，但是叶一朵显然不这么想，她告诉易晓生，如果木桶有短板，那么就得把这个木桶放倒好了，这个理论让易晓生无法反驳，于是承包了她所有的理科作业。而叶一朵立志成为一个畅销书作家，并且至今……尚未成名。

在失恋的事情上，叶一朵充分发扬了自己乐观的长处。每晚难以入眠，埋怨、恨意、悲伤总是如期而至，当她站在镜子前看着肿起的眼袋，黑色的眼圈，深深感觉到昨天易晓生来家里拿快递看见自己被吓到绝对不是装的。易晓生走前跟她只跟她说了四个字——“小朵，啧啧……”

当爱情已经离开，她难道连脸都不要了吗？叶一朵洗了一把脸，抬起头直起身，决定用最简单粗暴的方式让自己振作起来。

叶一朵穿着一套极其标准的跑步套装出现在小区路上的时候，易晓生刚好回来，他透过后视镜看见与自己车擦肩而过的叶一朵，嘴角忍不住浮了浮。

他的后备箱里放着一只大的纸箱，里头装着他工作三年来的办公用具。顶尖的工作环境、领导的赏识、不错的薪水三年来的勤奋努力平步青云指日可待的易晓生，迟早会离开这家设计院，但是谁也没有想到这么快。没有人知道做这个决定的导火索，仅仅是叶一朵和程然的正式分手。从他意识到自己喜欢上这个笨到惊天动地的姑娘的时候，他连竞争的资格都不曾有过，而此刻，他终于来到了起跑线上。对于易晓生来说，他最大的梦想是做一个出色的设计师，然后让叶一朵可以不用为了生计，去任性而痛快地写那些她喜欢的文字。

叶一朵跑第二圈的时候，步伐速度已经和走路没有什么区别了，一边气喘吁吁，步履还有些凌乱，显然是这些日子不锻炼身体的必然结果。易晓生毫无压力地大步走在她旁边也不会掉队：“黑眼圈淡了。”易晓生的说话风格永远是用最简短的文字表达最核心的内容。

叶一朵面露惊喜，正要笑，没想到呛了风，猛烈地咳嗽了起来，边咳嗽边道：“皮肤……是排毒器官……不是吸收……吸收器官，所以……我马上就会油光水滑……”

易晓生一边帮她拍着背，一边纠正道：“油光水滑是形容动物皮毛。”

叶一朵直起身推开易晓生拍着自己背部的手，瞪着他道：“我一个汉语言文学专业，呵呵，汉语言文学你大概不懂，就是中文系！我一个中文系毕业的会不如你这个盖房子的懂？我现在虽然是枪手，但是我不久就会成为杂志社的顶梁柱，日后必然成为各家出版商、影视公司哄抢的烫手山芋！”易晓生似乎要对“烫手山芋”四个字加以点评，想了想，还是生生咽了下去，表情很是精彩。叶一朵顿了顿道，“我的意思是我即将炙手可热。”易晓生舒了一口气。

两人并肩往家里的方向走去，小区两边的树木郁郁葱葱，偶有一两家的花园里开着色彩鲜艳的花儿，他们的影子被穿过树叶的零碎阳光投影在柏油路上。

“你怎么这么早就下班啦？”叶一朵抬起手腕看了看表，此刻才四点整。看见这只表，叶一朵不等易晓生回答，又跳到了她自己想说的话题上，“这只表还是我们高中的时候，你获得物理竞赛金奖的时候，送给我的礼物。你还别说，走了这么多年，就没坏过。”叶一朵用右手食指敲了敲左手手腕的表盘，补充道，“瑞士的表，质量就是好。”

易晓生落在她手腕上的目光温柔似水，想起自己得到了那笔奖金的时候，第一反应就是要送给叶一朵一份礼物，而手表是最容易默默伴随着主人的最佳选择，想起从前的种种情愫，他突然轻轻笑了笑，回到刚刚的话题，缓缓道：“我辞职了。”

叶一朵从表盘上抬起的目光里充满了惊诧，嘴巴微微张开，随后转过头看着易晓生，目光由惊诧又变成了同情，她带着些颤抖的声音道：“太惨了，我俩太惨了。一个被男人甩，一个被公司甩。”她看着易晓生的眼睛道：“你成无业游民了，你爸妈知道吗？需要我保密吗？以后还有钱吃东西吗？你不能请我吃东西了，我现在又没有钱，哎呀，我又得看我妈妈眼色了。”见易晓生一本正经地点头，她也捂着嘴巴连连点头，眸子里透出坚定的目光，表示一定会帮他守住秘密，好似得到了某一个重要的任务。

易晓生宽慰地拍了拍她的肩膀，故意打趣道：“都‘烫手山芋’了还怕什么？”说完这话他罕见地弯了弯嘴角，傍晚的春风吹过，他想着暖风熏得人要醉怕不过是如此罢了。

叶一朵耷拉着头，此刻她十分忧心，因为在她的观念里，哪怕全世界的人都下岗了，易晓生也不会失业，她觉得易晓生此刻一定是在强颜欢笑，因为一个从小到大拿奖学金拿到手软的优等生失业了，其打击可想而知有多大。她不顾易晓生的揶揄，挤出笑容，踮起脚尖，拍了拍易晓生的右肩道：“别怕，虽然我现在还是个枪手，但是我能赚点钱，我现在锻炼身体，很多护肤品都不要买了，也省了不少开支。而且我只要告诉我妈妈我最近吃的多，她可以多给我点钱，大不了看她脸色好了。你放心，只要我有十块我可以分你五块！”说罢她竖起一只手，努力将五个手指张开到最大。

易晓生突然有些恍惚，眼前这个扎着马尾辫，穿着运动装，脖颈处还滴着汗珠的叶一朵，好像与多年前他的高中时代里的影像，完全重合了起来。

叶一朵见他不答话，想了想，生生缩回了中间的三根手指头道：“六块，六块给你花。”

易晓生看见她认真的模样，内心某一处被狠狠戳了戳，他曾经很多次问过自己，到底喜欢眼前这个人什么呢？似乎他自己的长处在她身上找不到一星半点，想到无果的时候，他告诉自己有些人喜欢同类，有些人就注定喜欢自己身上没有的东西，比如她莽撞的热情，直接的思维、迟钝的反应以及再干净不过的善良，她皓白的牙齿，调皮的马尾，是他静如湖面的世界里那么一点色彩。

叶一朵见他还不说话，右脚狠狠踩了一下他的左脚尖，见易晓生脸上有吃痛的表情，老大不情愿道："七块，我虽然比你瘦，吃的比你少，但也是个女人，是不能再多的了。"

易晓生对她这样的思考方式已经见怪不怪，并未搭理她，故意装作嫌弃的样子道："一身的臭汗。"

叶一朵嗅了嗅胳膊，道："是出了很多汗，但不是臭汗，麻烦你注意点用词！我回去洗澡了！"一边小跑起来，转身看了看易晓生，竖着六的手势，道："那六块哦，我只能分你六块。"

易晓生站在梧桐树下，扭头要走。

叶一朵想起来什么似的，又折了回来，凑近易晓生，带着不怀好意的笑容道："那你记得，你花老子的钱，以后就要听老子的话。"说着她用食指戳了戳易晓生的胳膊，然后自己点头嗯了两声，自顾自帮易晓生回答了，满意地再回头快速往家的方向跑了去。留下一脸无奈的易晓生，看到她的身影消失在拐角，低头看了看被她戳过的胳膊，似乎有些微微发麻，他抬起右手，往左臂上戳了戳，收回右手之际，用手背蹭了蹭下巴，然后不动声色地笑了笑。

叶一朵冲完澡后，接到了编辑的电话，才发现离截稿日期竟然还有两天，她一边点头哈腰地表示已经写好了，只不过笔记本丢在了朋友家，她只需要去拿笔记本，稿子什么的分分钟就能发给对方。编辑倒是没有拆穿她，怕是听类似的借口听了很多回，只是淡淡地留下了一句："做枪手，就得有枪手的觉悟，等到你是大作家了，拖稿就是你的福利了。"

叶一朵无力反驳，头上搭着浴巾，湿嗒嗒地坐在书房里的电脑前，屏幕里的文档空空如也，只有一个标题——爱情于你，可有可无。

她看着这八个字，任由光影投射在她的眸子里，运动后的无力感缓缓布满了整个身体。她将双腿收回椅子上，弓着身子将膝盖抱在了怀里，窗外的灯火间断地点亮，她的书房里渐渐暗了下来，只剩下了屏幕的细微亮光，很快，屏幕进入了保护模式，暗了下去，楼下路上有汽车压过路面的声音，在她听来都那么的清晰。她明白，程然是真的离开了自己，这一次，不是他们少不更事的争吵，也并非谁心血来潮的恶作剧。她曾经觉得爱情只是生活的重要组成部分，并非致命，因此那位著名的情感作家看中了她泼辣且流畅的笔力，杂志中的那个栏目也持续着人气。叶一朵的下巴搁在膝盖上，看着深蓝色的夜空，白色窗户没有关上，海水蓝的麻布窗帘似乎被调皮的少女吹着，轻轻拨动着，她突然觉得，对于外物的断舍离，是基于自我的自信和肯定，而从一开始，她就将程然视为了自己生命中不可割舍的一部分。是的，或许正因为如此，程然才会选择不告而别这种简单却又可以最快速度达到目的的方式。

叶一朵胡乱擦了两下头发，空气中安静得可以听见自己的心跳声，她开始反思，自己到底给了程然多少压力，才会让他不堪重负忙不迭地离开？对于爱和被爱，她显然不是一个合格者，那又凭什么说爱情可有可无呢？

她又走到小区的路上，开始快速地大步地行走，穿过小区的树冠下，走出小区门口，街道上的车来车往，推着车的小摊贩，灯火辉煌的路边店铺……她穿过它们，以自己最快的行走速度，她的身影在地上速度地明暗交替着，她知道自己无法割舍掉这样的一段感情，她如今唯一能做的，就是将它们统统打包放在一个密封的盒子里，贴上封条，藏在心底里的最深处，不去触碰它，永远、永远……她何尝不明白，这样的做法很“鸵鸟”，但是眼下，这是她能继续生活、适合自己的唯一方法。好在她的生活并非那么糟糕，想到还有易晓生这样的朋友，觉得老天还是宠爱自己的。

当叶一朵再折回小区的时候，已经大汗淋漓，半干的头发湿了干，干了又湿，她瞧着路灯下一手卷着杂志，一手抄在口袋里慢慢悠悠往家走的易晓生，感慨真是不能念人，刚刚想起他这会子就遇到了他。这样安静的夜晚，她突然放慢了脚步，她不是头一次看见易晓生的背影，这些年来他的走路姿势从来没有变过，只是长高了而已。她有些恍惚，那些关于这个背影的主人的回忆，一下子浮现在了她的眼前。

据说叶一朵还在娘胎里的时候，易晓生的亲娘便已经开始教育易晓生要如何如何照顾即将出生的妹妹。这件事情易晓生自然是没有印象的，只是听两位母亲聊天说起过，但是在今后漫长的岁月里，叶一朵坚持认为这件事情肯定有，并且表示易晓生当时不但答应而且点头，形容得惟妙惟肖，易晓生懒得与她计较，于是这件事情便成了叶一朵每次不想做什么事情让易晓生代劳理直气壮的借口。

长大了一些，叶母看着易晓生学钢琴，于是也让叶一朵去学，通常叶一朵被监督的主要途径是楼下的妈妈听着楼上房间里她的琴声，为了偷懒，她恳请易晓生翻窗户来自己书房，并且关照无论如何不要弹得太流畅，然后自己趴在地板上看小说。

上学的时候，她一直仰望着易晓生每年都会站在主席台上领奖，她作为鼓掌的一员心不在焉地盼望着表彰大会早点结束。易晓生不大愿意主动交朋友，用现在的话来说，是一个有些高冷的男孩儿，但是叶一朵胜在脸皮厚，所以她很清楚地知道易晓生有时候真的只是出于家长间的情谊而不得不帮她一些很琐碎很白痴的忙。

她直到现在还记得她路过篮球场，看见程然三步上篮连贯的动作的时候情形，然后她百般要求打滚耍赖，让易晓生给了他朋友程然的联系方式，她欢呼雀跃，开始了她的爱情。

如今看着易晓生的背影想着这些事儿，她突然发觉自己恋爱的时间里，易晓生是不是应该特别高兴？她曾经见过他伏案画图的侧影，安静、从容，给坐在地板上正要吃薯片的叶一朵一种神圣不可侵犯的观感。所以她觉得像自己这样一个聒噪且德智体勉强及格的人，简直是易晓生生活里最大的败笔。因此，她忙着谈恋爱，易晓生肯定是为自己的生活圈子里少了这个麻烦而舒了一口气的。

不知不觉中，叶一朵已经走到了易晓生的身侧半步远，易晓生似乎感受到了来人，轻一转头，冷不丁瞧见黑夜中路灯下，头发滴着水的叶一朵，带着责备的语气道：“头发怎么不吹干？”

叶一朵听出他责备的语气，想起他这些年从智商上对自己的碾压，此刻一定觉得自己很蠢，作为被患有低智商歧视症的易晓生嘲笑惯了的叶一朵，此刻完全没有心情与他计较，只是摇了摇头。同样是跑步，比起下午时分，她穿的那样专业的跑步套装，此刻穿着家居服，头发湿漉漉的散落在肩头，堪称毫无形象，她黑色的眼眸里，透着无尽的感伤，难有的认真的神情道：“易晓生，这些年，如果不是因为我们父母关系好，你还会不会和我成为朋友？”

似乎人在最低谷的时候，都会质疑自己，某一瞬间，某个阶段，又担心身边的人会离开自己。叶一朵其实生怕易晓生真的是看在长辈份上才和自己有交情的人，但偏偏嘴巴还要逞强，如果答案是 yes，她会一甩马尾道：切，其实我也是。

易晓生很明白叶一朵在想什么，可偏偏总是会生出逗逗她的心思，尤其是自打知道了叶一朵失恋后，他虽然心疼叶一朵这失恋的状态，可心情总是好得很。易晓生的目光落在叶一朵因暴走喘气而起伏的肩膀，微微弯腰，双手搭在她的肩膀上，看着她的眼睛，真诚地回答道：“我做了什么，让你误会你我是朋友？”

叶一朵原本低落到谷底的心情，一瞬间变成了暴怒，她推开易晓生的手，怒斥道：“我们好好的，怎么就不是朋友了？你……你还是不是人！”

易晓生并未跟上去，站在原地的他，正好位于昏黄的路灯之下，使得他的整个轮廓都温暖起来，他望着气哼哼丢下他一人回家的叶一朵，原本带着捉弄的狡黠的眸子里露出了一丝无奈，他习惯性地抬起右手手腕，用手背蹭了蹭下巴，自言自语道：“叶一朵，我真的没有想过和你做朋友。”

03

“当我们在讨论爱情是不是可有可无的时候，我们就已经被它打败了。至少证明，这不是一个可有可无的东西……”叶一朵在黑暗的屏幕里，敲下这一行字的时候，玻璃上倒映着她的侧影，昏暗又模糊，好似含着泪的人看见的景。

易晓生站在自己的二楼阳台上，防腐木的围栏在春天的夜里，摸上去并不凉，他握着白色骨刺鎏金边的咖啡杯，看着斜前方的那扇窗户上的模糊投影。多少年了，他一直保持着这样的习惯，站在这个地方，连角度都不曾变过，脚下的木板只有这一块脱了皮。不管那扇窗户是明还是暗，他都会在做累了设计后看一看那一扇窗，深夜无人的时分里，只有路灯微昏的光与他做伴，有时候他觉得自己和那些灯光好似宇宙中的星球，但因有了那扇窗，所以他觉得自己并不孤单。

叶一朵的稿子围绕着本我和爱情展开了行云流水的展述，她奋笔疾书的时候，觉得自己被纸牌屋中的克莱尔附了身（克莱尔:《纸牌屋》中的女主角，帮助丈夫成为总统，一个非常有思想的现代女性），不但稿件中充满了她认为的正能量，而且也流露出了女人当自强的强烈情感，视爱情如敝帚简直不堪一提，并且在结尾处点名了主题——“所谓爱情，不过是茶余饭后一个人主动给予另一个人被动接受的消遣，它无须也不配得到我们的全心付出。”写完后，只觉得通身舒畅，比小区门口的盲人按摩还要痛快。

她在梦中梦见自己因为这篇稿子在网络上引起了极大的共鸣，而杂志社决心给她一个名分，不仅仅有自己的专栏，她可以说是一夜成名，出版商甚至连影视方都来对她进行了条件丰厚的邀约，她为了躲避漫天的合约，有家不能回，只能躲在了一间屋子里，她觉得这间屋子很熟悉，却怎么也想不起是哪里，终于一个熟悉的声音响起——“老子收留你住，你要听老子的话”，她猛一抬头发现竟然是易晓生一本正经的脸，她猛地往后一退，只觉得头顶一阵疼痛传来。叶一朵揉了揉撞到床板的头顶，终于从梦中醒来，她擦了擦嘴角的口水，想着梦中被书商追着要签合约的情形真是美好极了，忍不住嘿嘿笑了两声。遗憾的是，这一天的笑容在这一刻已经全部耗光了。

叶一朵的手机显示着“主编大人”的来电，她清了清喉咙接听了起来，连弯出笑容的弧度的时间都没有留给她，宋主编的声音带着无尽的愤怒传了过来——

“叶一朵，你是不是不想干啦？我告诉你，等着做她枪手的一抓一大把，我要的是她的枪手，不是要另一个作者来写稿子！你做枪手，不需要有思想，你要的只是揣摩她的思想，这些我在和你签约之前就已经讲得很清楚了。告诉我，你写的那是什么玩意儿？”

叶一朵嘴巴张了张，一个辩解的字都没有发出来，就听见宋主编继续训斥的声音：“爱情与你，可有可无。目的是要表现了女权主义吗？是为了表现毫不在乎吗？是为了表示都市生活中的那些女性们对爱的欲擒故纵、患得患失，表面说是可有可无，实际上还是巴巴地等着的心理，这些角度，你随便选取一个都可以，你怎么就把爱情写得真的可有可无呢？啊？你一个中文系毕业，好歹是经过我多层筛选才定下来的枪手，现在我要教你如何审题吗？”宋主编缓缓地吸了一口气，质问道，“在你那看似潇洒放弃爱情寻找自我的文字里，告诉我，你是不是失恋啦？”

叶一朵头如捣蒜，尽管手机的另一头主编大人看不见，她连忙用一连串的嗯来表达，因为早起还未发声，因此声带有些沙哑，反而增加了一种哽咽和伤心之类的效果，叶一朵想到同为女人，宋主编因此一定会特别同情自己，顺便可以减轻这篇文不对题的稿件带来的怒火。她抽了抽声音说道：“我失恋了……宋姐，他一声不吭就把我甩了……”

还想着继续说下去博取同情的叶一朵，迅速被宋主编打断，非但没有得到期望中的理解同情，反而迎来了新一轮的狂风暴雨——“我说叶一朵，你出门打个车，去淮海路，路过的那些女人，不是还没有恋爱的，就是已经被甩的，别看手挽手的亲密劲儿，能熬过今晚的又有几个？你不过是这个城市里再普通不过的一个罢了，失恋了就可以为所欲为？你对工作的态度就是你对男人的态度，这样一点风吹草动就能让你受到干扰的态度，我告诉你——找一个分一个！”

叶一朵觉得她虽然言辞激烈对自己颇为不满，但是不得不承认宋主编说的是有那么一点道理。

“男人没了，再找一个，有多大事情？你知不知道因为你的稿件不到位，要开天窗了，这才是头等大事！”

叶一朵腾地从床上站起来，语气坚决地表示：“宋姐，再给我一次机会，我保证，两个小时内交稿。”

宋主编嗯了一声，麻利地收了线。

叶一朵赤脚洗漱，听见楼下的门铃，匆忙漱了口，赶下楼去，一开门是快递小哥，还是挺大的一件，需要当场验货签收，也顾不上穿鞋，再一看收件人是易晓生。因易晓生父母常年不在身边，易晓生的工作经常加班，屋子常年等同于没人的状态，所以他的快递基本上都是寄到叶一朵家。但是此刻叶一朵心系赶稿，觉得他真是添乱，在收件人那里写了 pig 作为报复，然后递给了快递小哥。

小哥看了看签名道："不是本人签收吧？"

叶一朵点头。

小哥又道："你在收件人上签了 pig，不是说你自己吗？"

叶一朵徒然一惊，连忙接了过来涂抹掉，然后写上叶一朵的名字。就在快递小哥点头之际，"砰"的一声从叶一朵身后传来，小哥微微指了指她的身后，幽幽道："你的门被风吹上了呢。"

叶一朵嘴角抽搐了一下，然后压抑着不喜道："我知道。"

小哥跨上电动车，打量了一下还穿着睡衣的叶朵朵，又补充了一句道："你肯定没有带钥匙吧，挺惨的呢。"

叶一朵握着一张快递单，提高了音量，为了顾及面子只好道："我知道！"

待小哥走远，叶一朵脑海中迅速做出了对应方案，此刻叶母一定在菜场，因为不知道她什么时候去的，所以等她绝对不是良策；那么翻窗户进去，可自己穿着睡裙，而小区里四处都有摄像头……于是她果断地想到了始作俑者，这份快递的收件人易晓生。叶一朵抱着快递转身就往易晓生家去。

与叶一朵这种杂乱无章的生活相比，易晓生的生活更加显得有条不紊，井井有条中还带着那么丝丝优雅。昨天虽然睡得晚，但是早上也就晚起了半个小时，晨跑结束后，吃了早餐，煮了杯咖啡，给远在大西洋彼岸的杜可打了个电话。

杜可是易晓生大学同学，也是学建筑出身，当年为了能留在叶一朵身边等待机会的易晓生，放弃了伦敦大学深造机会。比起易晓生这种患有低智商歧视症的人，杜可有过之而无不及。在他眼里叶一朵显然是一个披着人皮的猩猩。一早就约定毕业后一起创业的杜可，确定了易晓生已经辞职，毅然表示要成为他的合伙人，为此，他还写了一份非自己不可的理由，其中的一个原因是两人的智商在同等水准上，易于交流。而看见了邮件中杜可的邮件，也忍不住笑了，可是笑容背后易晓生深以为然。

和杜可商量完具体事宜后，易晓生发现浴室的水管出了一些问题，将问题和解决方法给到了物业，约了第二天有人来修，搞定一切后，他只好用楼下的洗手间。楼下的洗手间里也可以洗澡，这个洗手间还有一扇门可以通往后院，通常用来洗点衣服。易晓生站在花洒下冲着澡，开始重新梳理昨天晚上的设计。虽然辞职，但是他的手头上却多了更多的项目要做，这些年早就不靠父母的易晓生，完全不用为了生计发愁，手中的作品在业内早就有了不俗的口碑，因此辞职之后，他只接了一单活儿，慢慢磨着。等到冲洗完毕，想到了一个可以修改的点，顺手就在雾气蒙蒙的玻璃上画了起来。

此刻已经在易晓生家门外按了门铃无果的叶一朵，想起了高中的时候，自己也经常忘记带钥匙，后来易晓生被她隔三差五的敲门给弄烦了，又考虑到他自己上了大学不会有人帮她开门，便在后院的花盆下面留了一把钥匙。

于是抱着试试的态度，窜到后院，揭开了花盆，惊喜地发现钥匙竟然还在。她吹了吹上头的泥土，夹着快递，弯腰想要插钥匙，却发现插了好几回也没有插进去，将快递丢在了地上，蹲着专心开锁，这一次好容易将钥匙插进了锁眼里，一转动果然打开了。叶一朵直起身，松了一口气，但就是在推开门的一刹那也有点蒙了。

扑面而来的是暖和的水蒸气，在水汽缭绕中，她看见了一个赤身裸体背对着自己的男人，虽然她用脚指头想都只可能是易晓生，但是架不住这样大尺度的画面，就在她准备尖叫地一刹那，易晓生迅速抄起手边的浴巾裹住了自己下半身，然后迅速捂住了只张开嘴还未来得及发声的叶一朵，顺势将她压在了墙上。水蒸气遇冷渐渐散去，玻璃上他刚刚画的建筑构图也在逐渐散去。易晓生发梢上的水珠低落下来，近在尺咫的叶一朵能闻到他身上淡淡的肥皂香味，她似乎是头一次如此靠近易晓生，她一直觉得他长得很英俊，看着络绎不绝的女生追求她，但是这一刻，她不得不承认，那些女生眼光还真不差，所以她咽了咽口水再次表达对那些女生的认可。

易晓生看着她大概五秒，目光中的温柔迅速收回，带着玩世不恭的样子，松开了手，抬手关上了后门，两人几乎是异口同声道："你怎么在这？！"

易晓生转身面对镜子，喷了一些剃须沫在下巴上，一手拿着剃须刀，一手将镜子抹了抹，脖子的线条被拉得十分好看，他面无表情地说道："又没有带钥匙？"

叶一朵气不打一处来："还不是为了帮你收快递！"

易晓生瞥了叶一朵一眼，随后又专心致志地刮胡子，问道："快递呢？"

叶一朵看看手里，又看了看脚下，才反应过来刚刚为了能开门，将碍事的快递搁在了脚边，于是转身就要开门去拿快递，证明自己。一转身，就被易晓生猛地拽住，一下子又推在了墙边，他的剃须液有着好闻的清香，让叶一朵再次有些走神。易晓生看直直地看着她："叶一朵，你穿着睡衣来找我，偷看我洗澡，是不是要讹我？"

这话让叶一朵一下子清醒了过来，推开了近在咫尺的易晓生道："你为什么不用你卧室的那个洗手间？"

易晓生似乎被她这话逗乐了，他似乎习惯了叶一朵在无法反驳自己的时候，通过另一条路来指责自己，企图能为自己找回一些颜面，但在易晓生面前并没有什么用，他一边擦着头发上的水珠，一边一个字一个字地道："我、的、家。"

叶一朵又一次被易晓生呛了回去，眨了眨眼睛，无言以对。

叶一朵扯了扯嘴角说不出话来，气得只能上前踩了他一脚。易晓生低头见她，下意识地问道：“稿子交啦？”

叶一朵猛地一拍脑门，道：“快，借我你的电脑，我两个小时内要交稿，不不，现在只有一个半小时了！”

叶一朵说罢直冲易晓生的书房，俨然忘记了快递这回事。易晓生突然想起了什么似的，也跟着上了去。在他的一叠设计稿纸里，夹着一张他半夜走神时画的叶一朵肖像，但当他有些担心地跟了上去的时候，发现自己完全多虑了。叶一朵已经打开了他的笔记本电脑，盘腿坐在了地板上，他的目光落在纹丝未动的一沓稿纸里，轻轻松了一口气。叶一朵抬头充满疑惑的目光看着跟着自己而来的易晓生，易晓生不自在地用右手手背蹭了蹭下巴道：“找衣服。”

叶一朵歪着头无语道：“你在书房找衣服？”

易晓生瞪了她一眼，见她讪讪地闭嘴，不动声色地岔开话题道：“在这吃饭吗？”

叶一朵自然地点头，开始敲打着键盘。

易晓生面无表情但是心有余悸地去收拾他的设计图，将它们放整齐，他将夹在其间的肖像使劲拢了拢，侧身低头看了看坐在地板上的叶一朵，他突然有些开心。

因为就在今天早上，杜可问他的问题犹在耳畔：“为了她，你放弃了那么多机会，值得吗？”

专注敲键盘的叶一朵，地板上的阳光，比起轰轰烈烈的热闹节日，易晓生更爱她留下来吃上一顿午饭的平淡。多少年啦？他不知道，但是她单身了，他终于了可以说爱她的立场。

04

叶一朵交完稿件，得到了主编大人“嗯”的邮件回复，她知道通过了，高兴之余，不由得感慨因为易晓生的缘故，她十分擅长与这类高冷人士的打交道。她吸了吸鼻子，闻到空气中飘来的食物香气，放下电脑，光着脚就下了楼。

虽然和厨房打交道的女人居多，但是做得好的，还是男人。易晓生系着围裙，单手执着平底锅正在煎着什么，转身看见叶一朵，眼神在她的光脚上扫了一眼，转身之际道：“别弄脏我家地板，把鞋子穿上。”

叶一朵颠颠地去鞋柜找到了自己的拖鞋，乖乖穿上。易晓生家的鞋柜里有一双粉色的拖鞋，他曾经想帮叶一朵买一双她专有的，又不好意思表现的太明显，于是买了一双巨丑无比的男性拖鞋给叶一朵穿，果然得到了叶一朵暴跳如雷的反馈，于是叶一朵自己买了一双粉色的可爱的拖鞋，也成了她的专有拖鞋，达到了易晓生的目的。大概是交稿了之后心情极好，已经不计较易晓生的地板和她的脚谁干净的话题了，她哼着歌儿，将厨台上做好的菜端到了橡木质的饭桌上，放好餐垫，然后接过易晓生递来的饭碗。短短的一个小时，易晓生云淡风轻地张罗出了三菜一汤：凉拌黄瓜、红烧排骨、清蒸鳜鱼和西红柿蛋汤。叶一朵喜笑颜开，因为没有吃早饭此刻饥肠早已辘辘，吃得很香。易晓生看见她这副模样嘴角浮了浮，然后将面纸推了过去道：“擦嘴角。”

叶一朵咽下口中的食物，抽出一张面纸，擦了擦，对易晓生道：“我说你这样对待女孩子的态度是不对的，难怪谈了那么多个都无疾而终。当女孩子的嘴角沾着饭粒的时候，你应该温柔地倾身向前，然后轻轻地把它拿开，带着无比宠爱的目光嗔怪她‘真笨’，明白吗？”说罢，叶一朵挥了挥手，道：“算啦算啦，你怎么可能对女朋友这样，肯定平常都你女朋友巴巴地对你好。”

易晓生怔怔地看着她，半晌带着万般无奈和不屑地抛出了两个字：“真笨。”

叶一朵听他这么说，很为易晓生的智商担忧，叹了一口气，专注继续吃饭。

等到两人吃完，隔着餐桌互相望着的时候，易晓生指了指她身上的衣服，叶一朵低头一看，自己穿的真是一件睡衣，这个时候才有心思注意这个，她想了想道：“你家有没有女生的衣服？”

易晓生摇头。

“那你有没有洗了缩水的衣服。”

易晓生摇了摇头。

“那我先凑合穿你的衣服，然后趁着月黑风高偷偷摸回去，怎么样？”

易晓生侧身看着窗外的大太阳，摇了摇头。

叶一朵扶额自言自语：“这大白天的，我穿着睡衣或者你的衣服回去，影响实在太不好了，下半辈子就折你手里了不是……”

一般情况下易晓生会放任叶一朵的自言自语，因为这个属于她的常态，但是这一次，他冷静地插了一句嘴：“原来你真的是碰瓷。”说罢嘴角有些忍不住地弯了弯。

叶一朵挠了挠头发，摊开双手道：“我手机什么的都没有带，我妈也联系不上我，等到她来你这里找我，我还是这副模样，这才是碰瓷。”

易晓生为叶一朵罕见的智商爆表点了点头，想了想道：“那你打算怎么办？”

叶一朵轻轻招了招手，带着一丝恶作剧的笑容，易晓生无奈地往前靠了靠，叶一朵显然不满这个距离，示意他再靠近一点。

易晓生颇为无奈：“家里就我们俩。”

叶一朵一愣，挠了挠头，说道：“你爬到我家书房，然后去我的卧室，第二个抽屉，拿件衣裳来就行。”

“我不要。”易晓生立即斩钉截铁地说道。

叶一朵冷笑了一声："那我就让你看看什么叫碰瓷！"

易晓生起身往玄关处的鞋柜走去，换了一双运动鞋，听见叶一朵问他记清楚位置没有，叹了一口气回道："记得。"他记得叶一朵高中的时候，每到周末就会用各种法子让他翻墙爬窗户偷偷去帮她写作业，不过那么久了，他从来没有告诉过她，其实还有一种法子是她把作业扔下来。想到这里他情不自禁地抬起右手背蹭了蹭下巴，觉得自己有点坏坏的。

易晓生顺利地翻过了叶一朵家花园外头的栅栏，顺着水管利索地爬上了二楼的书房，在他一气呵成到达书房的时候，自然没有注意到从客厅一边走向窗户仰头看了看、若有所思的叶母。所以易晓生蹑手蹑脚走到了叶一朵的房间，拉开她所说的第二个抽屉，正要拿衣服的时候，叶母的声音从他身后冷不丁地传来，他着实吓了一跳。

"小朵衣服呢？"叶母冷静地问道。

易晓生立即转过身，将手中的衣物递给了叶母道："在这儿。"随后他的脸便腾地红了起来。虽然易晓生在面对叶一朵的时候气场全开，但是面对长辈的时候，他依旧是一副谦虚礼貌的晚辈心态。

叶母扫了一眼他手里的衣物，目光定定落在易晓生的脸上道："我的意思是她现在没有衣服穿吗？"

易晓生连忙补充道："有，她穿着睡衣。"

"她在哪儿？"

“在我家。”

“在你家？”

“嗯。”

叶母回归家庭前，是一位优秀的律师，逻辑思维能力不是一般的强，所以她第一个问题不是问易晓生你怎么在我女儿房间里，也不是问你拿她衣服干什么？叶一朵从小到大在她面前从来撒不了谎，到了后来破罐子破摔也是有这方面原因，一切追求钻智商上的漏洞的企图都会被分分钟碾压，所以她干脆放弃这些徒劳的努力。“小易，你刚刚的意思里，我总结一下，就是说我女儿叶一朵，现在在你的房子里，穿着睡衣，你翻墙爬窗来她的卧室里取她的衣服的时候，我在家。我描述的对吗？”

易晓生此刻深深感觉到姜还是老的辣，他将衣服搁在床边，对叶母道：“阿姨，你和我一同回去，就知道了。”

叶母忍着笑板着脸点了点头，易晓生松了一口气，走到窗户边正准备按照原路返回，叶母转过身道：“你还真是轻车熟路，现在可以从楼下的门走。”转过去的脸上笑意明明白白写着“这傻孩子”。

易晓生跟在叶母后面，提着一只纸袋子装着叶一朵的衣物，回到了自己的家。在回家的短暂路程里，他迅速做出了判断——叶母对这些年来他爬墙翻窗的行径是心知肚明的，擦了擦汗，脸上的神情更加毕恭毕敬了。

在等易晓生帮自己取衣服回来的过程里，叶一朵深深感觉到如果不是有易晓生这样的邻居兼朋友，她也不会这么顺利地交稿，还能吃上美美的午饭，因此，她决定做一件惊天地泣鬼神的事情——洗碗。

因此当易晓生打开门，恭敬地让叶母先进了去，两人看见的是背对着他俩、系着围裙哼着歌弯腰洗碗的叶一朵。易晓生连忙走了过去，抢过碗筷道："还是我来洗。"

叶一朵心道易晓生还真是难得如此热情，推辞道："哎呀，什么你来我来你洗我洗的。不都一样嘛。"

易晓生嘴里头"不一样"三个字还没有说出口，叶母走上前，双手交叉放于胸前，看着这一幕道："既然小朵说她要洗，你就让她洗吧。"

叶一朵吃惊地回过头来，嘴唇生生扯了扯，道："妈……"

叶母没有搭理她，继续道："你洗完了，过来坐。"她看了一眼易晓生，易晓生立即心领神会地去倒了杯茶，恭敬地放在了茶几前。叶母看了一眼，示意易晓生可以坐了，易晓生又去看了看叶一朵洗完了没有，叶一朵有些忐忑地看了看易晓生，易晓生轻轻拍了拍他的肩膀，这一系列动作悉数落在了叶母的眼里，她靠近杯沿的嘴唇弯了弯。

叶一朵擦干手，端坐在叶母对面的沙发上，道："妈，不是你看到的那样。"

叶母先是"哦"了一声，随后慢条斯理地说道："我看见的是小易不走正门偏要爬楼梯到你卧室拿衣服，到了这里看见的是一身睡衣的你，以及抢着洗碗的场景。既然并非我所见的这样，那你告诉妈妈，那我所见的应该是传达什么意思呢？”

叶一朵看了易晓生一眼，易晓生正要说话，叶母一抬手他便不敢再吭声，易晓生只好对叶一朵耸了耸肩膀。

“妈妈，我早上拿快递然后门锁上了，我没有带钥匙，就到易晓生家来等你，没想到我从后院到他家备用的那个卫生间的时候，他正在洗澡，竟然还没有穿衣服……”叶一朵说到这里也没有意识到什么，但是身边的易晓生明显抽了一口气，然后左手手背蹭了蹭下巴，最后食指在眉心处揉了揉，一脸的无语凝噎。叶一朵看见他的表情，不满地用手肘捅了捅他道：“怎么了，事实就是这样啊。”

叶母微微吃惊，看了看易晓生，易晓生无奈地点了点头。叶母目光在他们间悄无声息地游走了一圈：“是我们家的小朵失礼了，很抱歉。”说着瞪了叶一朵一眼，“这在古代，你就得对他负责！”

叶一朵吃了一惊，完全没有注意到身旁的易晓生眼睛亮了亮。

“妈，他说我碰瓷！还说我要赖上他……”

叶母和易晓生对视了一眼，完全被叶一朵思路中没有重点，随时能跑偏的特点给征服了。叶母放下端着的架子，换了一副语重心长的口吻道：“无论你们以后怎么去发展感情，必须得是先动心，再谈责任，如果前后颠倒了，那么必然不会长久。”

叶一朵急忙表态，连连摆手：“妈、妈，我绝对不会对他负责任的。”

易晓生和叶母又叹了一口气。

叶母完全无视这个在她面前一直是个“学渣”形象的女儿，目光落在了易晓生的身上，淡淡地问道：“你明白阿姨的意思吗？”

易晓生平视着叶母的眼光，然后郑重地点了点头，叶母舒心一笑：“那就好。”一旁的叶一朵眼神在他们俩之间游离，觉得听着同样的话，身处同样的环境下的她怎么和易晓生看见的世界都不一样呢。

叶一朵换了衣服出来，听见叶母在和易晓生聊天，叶母正问道：“今天不用去设计院吗？”

叶一朵徒然一惊，十分紧张，她连忙走到叶母身后冲着易晓生挤眉弄眼摇头摆手，想表达自己从未透露过他失业的秘密，但是易晓生显然对她这一系列的动作没法理解，所以干脆忽略不计，回叶母道：“我辞职了。”

叶一朵无比担心地看着妈妈的反应，想着随时帮着易晓生找个台阶下，却急的找不到救场的词儿，但对话的两人都异常平静，叶母带着长辈的关心道：“准备自己创业吗？”

易晓生点头。

“父母知道吗？”

易晓生摇了摇头："这几年有些资金，可以维持一段时间。平常还可以接一些活。暂时不想惊动他们。"

叶母点头："你自己决定了就好，没钱了问阿姨要。"

易晓生感激地道了声："谢谢阿姨。"

叶一朵觉得此时此刻终于可以插上话了，连忙道："妈，我最近没钱。"

叶母和易晓生两人不约而同地看向了叶一朵，目光中甚至带着几分同情的意思，随后两人默契地分开来目光。叶一朵不明白自己怎么一说话就冷场，好在她早已习惯这样的场景，当作什么也没有发生，拎着装着睡衣的衣袋先去换鞋，将她们送到门口的易晓生，下意识地将她的鞋子转了个方向，鞋尖对着自己方便叶一朵穿。叶一朵未曾注意到这样的举动，也顺其自然地一边穿鞋一边想：像易晓生这样的学霸才像是自己爸妈亲生的，因为他们交流起来完全不费力，而且她不大跟得上他们谈话的节奏，譬如此时她看见门外的妈妈和易晓生似乎在跟易晓生交流着什么，但是她听不清也不觉得他们俩有什么好说的。

"他们真的断啦？"叶母低声问道。

易晓生点头。

"记得刚刚我和你说的话。"叶母叮嘱道。

易晓生又点头。

叶母看了一眼叶一朵，像是家长去老师办公室领回犯错误的小孩一般，叶一朵乖乖地跟了上去，离开前不忘对易晓生笑了笑，摆摆手。

易晓生怎么会不明白叶母意味深长的那番话呢？他对叶一朵的心思瞒不了叶母，叶母怕是早就晓得，但那时候叶一朵谈着恋爱，而易晓生十分懂得分寸，保持着最适当的距离，叶母心知肚明。现在叶一朵真的分手了，叶母担心的是这么多年来易晓生将对叶一朵照顾当成习惯、当成责任，然后去填补那个空白，而非出于最基本的爱。

易晓生看着窗外的蓝天，他知道这时机来之不易，指不准哪天她又冒冒失失地去谈下一场恋爱了，可是他不想她在没有走出这场失恋的阴霾前，因为孤独和脆弱而接受自己。此刻阳光正好，谁来解他的暗恋之苦？

05

叶一朵这段时间的生活颇为规律，具体表现为：早起跑步，大吃一顿，写稿子，中午大吃一顿，写稿子，晚上大吃一顿，再暴走，汗如雨下回去冲澡，最后还是写稿子，当然这期间少不了宋主编的建议改稿。生龙活虎地出现在小区的频率十分之高，连张阿姨的金毛都会冲她主动打招呼了。然而，很快叶一朵失恋的消息不胫而走，七大姑八大姨们上门来主要表达两阶段的意思，一个是程然眼瞎啊，这么好的闺女不要；另一个意思是旧的不去新的不来，叶一朵的年龄正处于女人的巅峰期，必须把握当下。

于是叶一朵几乎是在眨眼间就顺理成章地迎来了人生的新阶段——相亲。

迎来新阶段的不仅仅是叶一朵，还有易晓生。

他们所在的C市里，因为新批了一个市辖区，在这一大片空地上，政府部门投入了打量的财力物力人力，其中关于此区的图书馆设计，开放了竞标，这无疑在建筑界成了人或者机构跃跃欲试的猎物，而刚刚成立了工作室的易晓生自然也不例外，更直接来讲，在他成立了工作室后的第一个目标便是这个项目。

易晓生和杜可多次在电脑面前讨论过这个项目，易晓生擅长创作，而杜可则对人群的定位、用户的喜好有着先天性的敏感和专业，虽然隔着大西洋，可两人各司其职都希望能够在这个项目上，能在易晓生的风格和市场的认可度中，取得一个最佳的契合点。所以易晓生几乎足不出户。

叶一朵起初并没有意识到易晓生的连轴转是多么忙，因为她不得不应付大姨介绍的一位据说是大姨看着长大的后生，于是在这位后生后又迎来了各位长辈的纷纷都是看着长大的后生们。这段时间里，她突然发现自己在失恋的期间里，她无论面对长得帅的还是长得别具一格的相亲对象，都不大有食欲，反思这段时间，她惊奇地发现，易晓生是下饭的绝佳对象，一段时间不见他，她觉得自己好像都瘦了。她想着这些有的没的的时候，正坐在相亲对象的车里，对方礼节性地送她到了小区门口，她明显走神却又面露微笑，等回过神来才不好意思地冲对方讪讪地笑了笑，对方似乎并没有介意。

这让叶一朵有些不大习惯，要是以往，自己这副表情总会或多或少地收到易晓生的嘲讽。叶一朵下了车，和对方礼貌告别，叹了一口气，心里头微微有些失落，想着好久不见易晓生，不如去他家找他闲扯两句。一转身，正好遇到从便利店买水出来的易晓生。叶一朵情不自禁地露出笑容，颠颠地叫了一声："嘿，晓生。"

易晓生其实一早就看见了副驾驶的她，见她被一辆陌生的车送了回来，下车的时候脸上浮现出欢欣雀跃的表情，握着瓶口的右手抬了抬，用手背蹭了蹭下巴，自然而然地问道："相亲？"

叶一朵半张嘴巴，感慨道："你怎么知道？"

易晓生平淡的脸上并未展现出要解释的欲望，问道："吃饱啦？"

叶一朵刚合上的嘴巴又张开道："当然没有！"

易晓生取出了车钥匙，在她眼前晃了晃道："我还没有吃饭。"

叶一朵连忙道："我也要去。"一边蹦跶了上去，她刚想要告诉易晓生自己在前一刻还在想着他，见易晓生一脸识破自己相亲的优越感，话到嘴边，又咽了回去。

易晓生一脸淡然地和她往自己的车的方向走去，上车前，他的目光落在了家中一楼的厨房方向，饭桌上方的磨砂玻璃下的灯亮着微黄的光，而光源下面放着刚刚吃完的碗筷盘子。

一上车，叶一朵便迫不及待地开始向易晓生倒苦水，颇有些怨妇的味道：“你说我这失恋的消息怎么就传出去了呢？上我家来说亲的人那是排山倒海啊。”握拳之际着重强调了排山倒海四个字，想起了什么似的，凑着脸对对面喝着咖啡的易晓生道：“这是不是传说中的一家女百家求？”

易晓生目视前方，一本正经地说道：“就现在的男女比例的极度不协调来看，你所指的一家女百家求，是有数据依据的……”尽管一边的叶一朵怒目圆瞪，他仍旧一副淡定的姿态打了个方向，车子平稳地转了弯，往他们最喜欢的那家粤菜餐厅去。

两人对面坐下，易晓生熟练地点好菜，奶黄包、炒河粉、面包厚多士……他从小不挑食，叶一朵吃的便成了他吃的最多的食物，也从未觉得不妥。叶一朵想着易晓生在车里打趣自己的话，好容易想出反驳的话，看见奶黄包上了桌，伸着筷子便去夹了一个。易晓生习惯性地叮嘱了一句：“小心烫。”说完一脸嫌弃。

叶一朵见易晓生对自己这个态度也不是一两天，吹了吹奶黄包，轻轻咬了一口，露出这些日子以来舒坦的表情，嚼了嚼满足地咽下，道：“我之所以是一家女百家求，不是因为你说的那个什么概率啊数据的原因，终究还不是因为我特别美！”说罢为自己好容易想出来的反驳的语句表示格外得意。

易晓生一抬头，风轻云淡道：“人总是会看不清自己的。”

叶一朵皱着眉头，本能觉得这话肯定不是夸自己，刚要反驳，突然瞧见斜对面桌子上坐着的正是刚刚送自己回来的那位相亲对象，像发现了新大陆一般，向易晓生拼命冲那个方向努嘴，上菜的服务员对叶一朵嘴巴能歪到这个角度有些侧目，易晓生冲服务生点点头示意不用大惊小怪的模样，然后顺着叶一朵的视线望去，又转过来。叶一朵才道：“看见了吧，一小时前他还和我吃了饭，现在又在赶下一场相亲，比我还辛苦。”

易晓生笑了笑，看着一瞬间又低下头专心致志吃着奶黄包的叶一朵，有些出神，他眨了两下眼睛，单手握着杯子，左手的手背再次抬起来蹭了蹭下巴，脚尖轻轻点了点地板，酝酿了一下，才道：“你打算找一个什么样的？”问完这个问题，他不露痕迹地舒了一口气，颇有些如释重负的感觉。

叶一朵抬起头来看着他，迎着他期待的目光，十分真诚地道：“我，能再点一笼吗？”说罢眨了眨眼睛，带着恳求的意思。

易晓生看了看眼前的杯盘狼藉，不得不感慨相亲真是项体力活，然后他摇了摇头：“不行。”不知道从什么时候起，他开始有意无意地控制叶一朵的饮食，因为她不但作息差，而且饮食习惯十分紊乱，贪凉又贪量。

叶一朵微微一愣，然后摆摆手做不介意状："算啦，你现在都没有工作啦，我还是少吃一点，省一点吧。"

付账的时候，服务员将账单和易晓生打包的一盒点心一并递上，见叶一朵眼睛有点发亮，无奈道："晚上赶稿子再吃。"叶一朵欢天喜地接了过来。

回停车场的路上，易晓生迟疑着是否要将刚刚那个叶一朵没有回答的问题再问一遍，边走边揉肚子感慨终于吃饱了的叶一朵，走到他旁边，懒洋洋地道："你说我怎么可能通过相亲认识喜欢的人呢？"

易晓生居高临下看了她一眼，头一回由衷地赞同地点了点头。

叶一朵低下头，空旷的停车场她的身影踽踽独行，颇有些孤单的味道："我谈过一场那样轰轰烈烈的恋爱，真的有人会不介意我那样的过去，然后还会陪我走去下一段的人生吗？"她在光影处转头看向易晓生，苦笑地摇了摇头，"我自己连回忆都不敢回忆，更何况别人。"她抬起头来对着易晓生道，"就像刚刚我们在餐厅遇见的那个我的相亲对象，这样连轴转地相亲，等到遇到了觉得是等价交换的时候，走到了一起，又何必呢？"她停了停，"我的初恋虽然很失败，但是我仍旧相信爱情，希望等到它的再次光临。"空气中有她说话的尾音，带着这个年纪的姑娘少有的坚决。

易晓生罕有地没有否认她，他说："那个人说不定已经来了，你只需要走出那段阴影，所有的等待，都是值得的。”他说完这话，看了看地上和自己并肩的叶一朵的影子，靠的是那样近，不知道说给她还是说给他自己听，只是嘴角突然弯起了弧度。

叶一朵有些不可置信地转头看他：“你说我的真命天子，他已经在来的路上了对吗？”

易晓生取出了车钥匙，一边帮她打开副驾驶的车门，一边加重了一些声音道：“在回去的路上。上车！”

叶一朵钻进了车内，乐颠颠地系上安全带，然后催促道：“慢点开，说不定会碰上我的真命天子。”

易晓生一副被她打败了的模样，揉了揉眉心，深深觉得她是一个稀有动物。

各自回家后，易晓生和杜可聊完项目的情况，说起今天和叶一朵的事情，两人都一致感慨她的智商很有问题。杜可忍不住在 FaceTime 里头说道：“晓生，鉴于她的智商的情况，我建议你直接和她挑明。”

易晓生摇摇头：“现在还不是时候，她已经快从失恋中走出来了，等到她能够独立做好自己了，才是最恰当的时候。”

杜可有些不满意道：“什么叫作最恰当的时候？你给我个公式看看？你是不是没有想好怎么表白？这样，我帮你去说。”

易晓生有些急：“不用不用，这个肯定得我自己来。”

杜可觉得也对，点点头。易晓生颇有余悸地补充道：“你可不能出卖我。”

杜可连忙道：“怎么会，我们是好兄弟。这样，我帮你的表白做一个概论，看看每个阶段，你需要做什么，分为几个要点，几个小点，做事情，要有章法。”

易晓生撇撇嘴，表示不用如此复杂，杜可却坚持做事情必须要有计划，易晓生拗不过他，只好作罢不再争执，关了iPad才想起来，杜可这小子，也从来没有谈过恋爱。

当晚叶一朵洗完澡，坐在书桌的电脑前，看着电脑屏幕，这是她决定写的第一部长篇小说，设定是小说的女主角因为一次采访结缘男主角，她构思着美好的情节，突然想起易晓生还没有工作，如果这本书火了，她就有很多稿费，这样可以请易晓生吃喝，繁苍楼什么的自然不在话下，还可以在易晓生面前作威作福了，想到这里，她模仿着易晓生和爸妈经常看她的那种眼神：同情甚至带着怜爱，对着书柜玻璃反复练习着，学着他们的口气道：“小易啊，这个……那个……咳咳，你不大懂的，还是吃东西去吧……”一边演着一边乐着，颇为得意。

端着牛奶站在门外的叶父，看着这样的情形无比担忧地摇了摇头，然后默默地将牛奶喝了。

叶父回到了房间，靠着床背带着老花镜看着杂志的叶母抬头看他：“你把给女儿的牛奶喝了啦？”叶父抹了抹嘴唇，发现嘴唇被自己早就舔干净了。叶母无奈解释道：“如果是小朵喝的，你不会这么快带着杯子回来。”

叶父点头，将刚刚看见的一幕描述给叶母听："这孩子怎么啦？"

叶母郑重其事地解释道："她的智商做出来的事情，我们没法理解是正常的。"

叶父恍然大悟，随后道："跟那小子分手后，她似乎变得有些积极向上了。"

叶母叹气，摘下眼镜，捏了捏眉心："这才是问题所在。"

"我一直觉得晓生这个小伙子不错，不知道他对我们家小朵有没有意思。"

叶母合上杂志，单手支头，侧卧着看着叶父，道："有。"见叶父露出一副"我猜测得不错吧"的表情，又道，"首先，她必须要清理好自己的世界，才可以迎接下一段感情，无论对象是不是小易。"

叶父不满道："那你还给她相亲！"

叶母冷哼一声："那是你二爷介绍的，你去回。"见叶父一脸"夫人都是我不好"的表情，才作罢，继续道："第二，现在相亲未必相得中，相得中也长久不了，这是她自己的必经之路；第三，我也很欣赏小易，智商高。"

叶父点头："对，是得给她找个智商高的。"

夫妻二人达成共识，关灯无话。

只有书房里的叶一朵噼里啪啦打着键盘，无数灵感盘旋在她的头顶，如同挥着翅膀的小精灵，她时不时发出笑声，时不时又眉头深锁。直到时钟敲了三下，她才趴在桌上昏昏睡去，只有桌上的那盏小台灯亮着。

半夜的小区里格外安静，连小区外头的路上出租车偶然经过的声音都能听见，黑黢黢的一片，只有两个窗口亮着灯，一盏来自叶一朵案头的小台灯，一盏是几百米以外的易晓生的书房，交相辉映，成了这个夜里最有趣最温暖的存在。

易晓生伸了伸懒腰，将工作休息的十分钟里画的叶一朵的肖像拿起来看了看，他依靠在椅背上，双腿伸得笔直，右手抬起来蹭了蹭手背，微微笑了笑，然后小心翼翼地将它放进了抽屉里，这只木头抽屉里放着的都是这些天来，他闲暇时候画的叶一朵的素描肖像，有她运动时候的侧影，有她低头吃点心的剪影，还有她站在厨房水池边洗碗的背影……然后他轻轻关上抽屉，将桌上的设计图纸整齐放好，走向了洗手间，他这时才想起洗手间的花洒在叶一朵忘记带钥匙来自己的家的那天早晨坏了，而他每每走到这间更方便的洗手间时候，看见那只坏了的花洒，都只有一个想法——坏得很好，因此也不需要找人来修了。

易晓生觉得最近工作上虽然繁忙，但是总体还是很愉快，叶一朵恢复单身，虽然在不停地相亲，但这并不是什么大问题，他希望自己事业稳定后，再让他们的关系升华一下，当然，如果这期间叶一朵突然开窍了，要提前升华关系，他也是不介意的。

chapter 2

在别人的故事里流着自己的泪

我打江南走过，
那等在季节里的容颜如莲花开落。
东风不来，三月的柳絮不飞，
你的心如小小寂寞的城，
恰若青石的街道向晚。
跫音不响，三月的春帷不揭，
你的心是小小的窗扉紧掩，
我达达的马蹄是美丽的错误。
我不是归人，是个过客……

《错误》——郑愁予

愿你杯中水常温，愿你伤心有人吻，愿你身边常伴心上人。

06

很显然，男女之间的感情永远不会像实验计算公式那样精准，人本身就不是一个定数。

叶一朵在最普通不过的一个午后，特意打扮了一番，带着笔记本出门准备写稿子，正在和叶母聊天的隔壁邻居看着叶一朵道：“一个人去写稿子吗？”

叶一朵点头，然后道了个别。

春日午后的阳光不但可以让人犯困，还能让人开心。叶一朵穿着简单的红色开衫，配着休闲裤坐在咖啡馆一角的时候，接到了叶母的短信。短信的内容很干脆——“林华，28，南北设计院设计总监。把你的地址给我。”似乎学霸们都懒得和凡夫俗子多沟通一个字，能说一个字的绝对不说两个字。

同样晒着太阳，和林母聊着家常的王阿姨，补充道：“反正小朵穿着这么好看，不能资源浪费啊。”

在叶一朵写到第二段的时候，面前的阳光被人挡了住，她抬头看见的是一张棱角分明的脸，戴着一副眼镜，却难掩男子气概，他冲她礼貌地笑了笑道：“叶小姐，你好，林华。”

叶一朵报以微笑，合上了电脑，收到一边。林华穿着一件暖灰色的西装休闲外套，搭着深蓝色的衬衫，给人层次分明的利索感。他对着前来点单的服务员道：“美式摩卡，谢谢。”

叶一朵的笑容微微一收，她迅速低头搅了搅自己杯中的勺子。

林华的声音从她头顶飘来：“我猜得没有错的话，你以前男朋友是不是很喜欢喝美式摩卡？”

叶一朵有些吃惊地抬起头，然后抱歉地笑了笑，她努力压抑着内心记忆的翻滚，喝了一口自己的焦糖玛奇朵。

林华理解地笑了笑，看着她眼前的咖啡道：“我以前女朋友，也喜欢喝焦糖玛奇朵。”

叶一朵觉得林华给人感觉很舒适，同样是千篇一律的相亲，但是他的话题明明那么敏感，却表达得恰到好处，双方也不会觉得尴尬。她接着问道：“怎么分手啦？”

林华耸了耸肩膀：“她出国深造了。”眸子里的光影闪了闪，然后佯装微笑道：一声不吭，就无影无踪了。”叶一朵听此睁大了眼睛，徒然有种惺惺相惜的感觉，她使劲地点了点头，林华被她瞪大眼睛点头的这副模样逗乐了：“你不会也一样吧？”

叶一朵笑了起来，露出洁白的虎牙，这是她头一次发现相亲原来并非那么艰难，关键是看是否遇到了轻松的对象，林华显然是一个可以让人感到轻松的那个人："王阿姨说我反正要上班，上班途中见个姑娘也是资源最大化，我觉得她说的倒是很在理似的。"说罢露出了一种无奈又觉得有趣的笑容。

叶一朵看他的表情就晓得林华和自己没少被安排过相亲，笑着道："看来真是同道中人。"

两人又聊了几句，林华看了看手表，才道："这是我的微信，你看我加你方便吗？"等到两人互相加了微信后，林华表示要去上班了，还问叶一朵是否需要搭车？

叶一朵指了指电脑，表示还有活儿干，两人才分开。

人与人之间的感觉或许真的是相互的，叶一朵六点钟收起笔记本电脑的时候，林华翩然而至，她并不意外。"我路过看见你还在这，想着是否有幸请叶作家吃个饭？"他连要求都说得那样风趣绅士。

叶一朵点头，收拾好了包包，跟着他出了咖啡馆。春天的白昼比冬天长了许多，梧桐树抽了新芽，一片绿色喜人，好似夏天可以随时到来。叶一朵看着刚刚打开驾驶车门的林华，没来由地想起了易晓生，那个总是一脸酷酷地走在她半步之前的男人，每次上车前他总会不经意地把副驾驶的门先拉开一点点，然后绕到驾驶车门，她歪着头皱着眉想，不知道易晓生现在吃饭了没有。

至于吃什么，林华倒是没有太征求叶一朵的意见，只是问了一句："有忌口的吗？"听见叶一朵的回答"我不吃动物的血，其他都可以”，便带着她去了一家粤菜馆，到了这家粤菜馆倒是易晓生和叶一朵常来的地方，叶一朵想这个林华和自己还是有缘。

点完菜，林华笑着道：“因为相亲次数太多了，发现要女孩子定地方好像挺为难的，所以干脆只要问忌口然后我定地方，效率高一些。我更喜欢粤菜多一些，来了这里，希望你也喜欢。”一副坦诚模样。

叶一朵笑着摇了摇头，她觉得相亲的时候能吃上一段如此舒心而且注定免费的晚餐应当心怀感恩。

菜点完，话题就变成了各自的工作。林华倒是说起自己这两天闲一些，过了这两天可能会忙到脚不沾地，因为他们设计院会参与新区图书馆的竞标，而他会是主要的设计师。说起设计，叶一朵似乎插不上话，但也并非听不懂，好歹也有易晓生这样的高材生熏陶了她几年，正如天天喝好茶，说不上来为什么好，但口感却是练了出来。所以林华说着，叶一朵会给予适当的回应，气氛甚是融洽。

待到上甜点的时候，林华右手拇指蹭着杯耳，郑重其事地看着叶一朵，问道：“也许有些冒昧，但是我还是有些想问你，当然，你可以选择不回答。”

叶一朵抬起头似乎有些预感他会问什么，很认真地冲他点点头。

“你可以放下那段感情了吗？”林华的声音很低沉。

叶一朵深吸了一口气，这个问题和她预感的一致，她看着被自己吃光的菜，安慰自己再怎么样，吃人嘴短，哪有不答的道理。她抬起头，抿了抿嘴巴，才道："你是第一人如此坦诚地问我这样问题的人，也谢谢你信任我，因为连我自己，也不曾敢问自己这样的问题。"她咬了咬奶茶的吸管，然后苦笑了一下，"但是说放下，很抱歉，我不应该带着这样的状态出来相亲，因为我还没有放下。"她回答完这样的问题，有些如释重负，看着自己眼前的冰冻奶茶，想到易晓生从来不让自己喝冷的东西，心里头生出了莫名的得意之感，好似背着父母偷看了电视，哪怕只是看了新闻联播，也倍有成就感。

林华没有说安慰她的话，或许只有经历过相似感情的人才会明白，理解有时候比安慰更重要。"你不需要说抱歉，我理解。"他真诚而坚定看着叶一朵，然后苦笑了一下道，"希望你能原谅我，因为我也没有完全放下。"他叹了一口气道，"没法子出来相亲，带着这样的状态真是苦恼啊，头一次能对相亲对象说这些，谢谢你。"

叶一朵的原本低落的心情，被他这样一说，放松了一些，隔着餐桌伸出手去道："我们是英雄所见略同还是臭味相投？"

林华哈哈一笑，随即伸出手和叶一朵握了握，道："我看是同病相怜。"

结了账之后，叶一朵突然想起来什么似的，称自己有事情，就此和林华道别，而林华也未曾强求。叶一朵折回店里，点了两份点心、一份例汤和一份炒饭打包带了回去。

当她敲开易晓生家门的时候，易晓生穿着一件白色棉麻T恤，灰色的长裤，光着脚，想起今天见到的林华职场精英般的整齐衣着，叶一朵不由地咂了咂嘴，感慨这人可不能失业，连衣服都买不起了，然后举起手中的打包袋道："你现在是不是尽量不出门，好减少新陈代谢，然后少一吃一顿省钱？"

易晓生弯腰给她递了一双拖鞋，依旧将拖鞋口转向叶一朵面前，平静地说道："你还懂新陈代谢？"

无奈叶一朵快速穿上拖鞋，一心觉得自己做了好事想要等待表扬的心情十分开心，因此敏捷地意识到易晓生又在揶揄自己，走到餐桌前，将饭盒都打开放好，然后才发现了餐垫上一双筷子，她转身问道："你已经吃了吗？"

易晓生道："还没有。"见叶一朵放心地转回去，赶紧侧身捂着嘴打了个饱嗝。

在易晓生吃着叶一朵带来的晚餐的时候，叶一朵单手支着左下巴歪在一边看着易晓生道："看在我给你带好吃的份上，你以后是不是得免费给我盖房子啊？"

易晓生一本正经的抬起头，道："你自己有钱买地吗？"

叶一朵认真地摇了摇头，然后感慨道："现在的东西都太贵了……"

易晓生头也不抬："是你穷而已。"

叶一朵思索了一下觉得易晓生说得对，等到易晓生吃完打了个饱嗝后，她才想起来自己有事情找他，拍了拍脑门道："晓生晓生，你知道吗你知道吗？"

易晓生收拾好餐桌，瞥了她一眼："我不知道。"

叶一朵微微一愣，随即被自己和易晓生的对话逗乐了，笑着道："我跟你讲，我今天去相亲了呢！"

易晓生点点头表示接收到了这个信息，但是一脸"那又怎样"的表情。

"你知道吗你知道吗？"叶一朵兴奋地有些手舞足蹈，"哦哦，你不知道。我告诉你，我遇到了一个小伙子，也是做你们建筑设计的，啧啧，人家那一职场精英范儿，你现在这样和人家一对比，整个就是一个湘北精英军团和湘北补考军团的杰出代表。"

面对叶一朵的比方，显然不能激怒易晓生一点点，他往空杯子里倒了一些冰块，然后往里头加了一些咖啡，然后又拿起叶一朵专用的杯子，搁了一片柠檬，到了半杯凉水，又加了半杯热水，轻轻晃了晃，走到了叶一朵的旁边，将水杯放在了叶一朵面前，冷冷道："说重点。"

叶一朵看了看眼前的水杯，不满地道："为什么你都喝饮料，但是我只能喝白开水？我也要喝饮料。"

易晓生带着一副冷漠的表情道："你这是柠檬水。不要闹。"

叶一朵的目光在透明玻璃杯中的柠檬片上停留了三秒道："噢。"抬头看了看易晓生，然后才接着道："今天和我相亲的是个男的！”

易晓生听闻此言有些不悦，随即要往书房走去，叶一朵跟在后头上楼，不满道：“你这是什么态度？晓生，吃人嘴短，怎么也得把话说完是不是？”

易晓生转头道：“你要是再说些相亲的对象是个男的，这样的毫无意义的话，我是可以把刚刚一顿饭吐出来还给你的。”易晓生说这话的时候，十分认真，没有半点开玩笑的意思。

叶一朵想了想，才发现自己刚刚的那句话有点好笑，完全没有意识到要和易晓生理论这顿饭怎么还，她接着道：“那个男的让人很舒服，很真诚地问我有没有放下之前的那段感情，而且他还有跟我类似的感情经历，但是他很坦诚，给人感觉很真，我觉得他和我很有共同……”

刚刚到达书房门口的易晓生突然停住了脚步，跟在后头的叶一朵正好撞上了他的背，捂着额头刚要说话，易晓生高她两个台阶，更是俯视众生的气场，低头问她：“那你放下了吗？”

叶一朵抬起头看着易晓生，她头一次发现易晓生的下巴弧度这样好看，他虽然总是面无表情，可是不知道怎么回事，在别人眼里这一张不以物喜不以物悲的脸，她却总是能体会到千万种的喜怒哀乐来，这一次，她觉得易晓生问的很严肃，在他这样的气场下，她乖乖回答道：“还没有。”好像没有考好的学生一般。

易晓生转身进了书房，叶一朵也跟了进去，易晓生坐在椅子上，她盘坐在地板上，似乎等着易晓生发话，但是易晓生并没有主动说话的意思，然后她怯生生地凑上去说了一句："怎么了……"

易晓生拿起铅笔来削了削，虽然现在早就进入了电子绘图的阶段，但是他还是习惯先在稿纸上画好初稿，摄影师会珍惜快门，而他会珍惜自己的每一根线条，所以易晓生的草稿让一众老派的教授十分满意。

叶一朵见他不说话，又自言自语起来："我还是第一回遇到这么坦诚的相亲对象。"

易晓生停住了削铅笔的动作，声音比他的表情还要一本正经："你打算带着放不下的感情，进入下一段新的感情吗？"

叶一朵想了想刚要答话，手机却来了一条短信，发件人是正在说着的对象林华，而他的短信内容正好解答了易晓生的问题。短信的内容是这样的：一朵，很高兴认识你。明天可以请你吃早餐吗？

短信的内容十分诚恳坦诚，一如他白天的风格，这让叶一朵很受用。她抬起头对易晓生说道："晓生，大学的时候，我总是喜欢帮程然买早餐，我想着，只要他以后吃早餐，都会想起我，你看，今天终于有一个人约我吃早餐了。"她垂下的刘海遮住了眼睛，看不清她的神色，只是声音竭力地保持着平静，却故意要说个段子掩饰自己的内心，"真是天道好轮回啊。"

原本有些伤感的易晓生听见这话，并没有被段子打动，冷面将身子转了回来，对她这句总结很是无语。

叶一朵抬起头，双手搭在易晓生的椅子扶手上，问道："你有没有过一个女朋友，留下的习惯，让你在失去她之后，还会念念不忘？"

易晓生看着她清澈的眼睛，有些走神，很快，他微微倾身，有些不自在地说道："我不喜欢拖沓的东西。"

叶一朵明白易晓生的意思，在她眼里，易晓生活得似乎十分干净利索，那些感情的留恋纠葛什么的，对他来说恐怕只是徒增烦恼的东西，况且如他这样的冷血的人，一定会是挥一挥衣袖不留一个活口的德性，她站起身来，看了看窗外的景色，她内心深处很羡慕易晓生，从小到大虽然斗嘴，但是对易晓生的生活方式和学习能力甚至带着些许崇拜，而叶一朵最明白不过的是，自己永远无法走入到他的世界里，她转身对易晓生幽幽地说道："我好羡慕你，因为现在的我，得放血割肉才能忘却。而我，又怕疼。"

易晓生看着她的身影，在灯光下那么温暖，他突然有种冲动，想走上去，从身后抱住她，抱住这一团可爱的小东西，他知道这是她最孤独的时候，他想陪着她从谷底走出来，坦坦荡荡地与她执手相拥，而不是利用她的孤独，得到她，那样的自己他是不屑的。易晓生坐在椅子上，扭头冷漠道："放血割肉，只要死不了，就该咬牙挺过来。"

叶一朵回过头来，有些生气："你这人怎么如此冷血，一点同情心没有？"她取出手机，点了林华刚刚发来的短信，道，"你看看，人家还约了我吃早饭，多么有礼貌，多么善解人意……"

易晓生瞥了一眼，然后将目光定定地落在叶一朵的眼睛里，郑重其事地说道："叶一朵，我很正式地告诉一遍，失败了，要靠自己走出来，别拿任何人做垫背。"

叶一朵听着最后一句话，暴跳如雷，正要破口大骂，易晓生却丝毫不为所惧，淡然地补充了一句："你以后不用给我送饭来。"

叶一朵很快就被他这话转移了注意力，顺着他的思路下去，问道："怎么啦？"

易晓生放下小刀和铅笔，用纸巾擦了擦手，然后起身，走到门边，定定地看着还在地板上一脸茫然不知所以看着自己的叶一朵道："我有女朋友了。"

叶一朵连忙爬了起来，带着一脸的疑惑和兴奋，将刚刚要发的火完全抛到了脑后，道："什么什么？女朋友？什么时候的事？怎么这么突然，她是哪里的？"

面对一连串的问题，易晓生显然并没有回答的打算，他只是微微点头，表示自己接收到了她的问题，简明扼要道："她会吃醋。"

叶一朵连忙点头，一脸"我绝不会做你感情道路上的绊脚石"的模样道："怎么你有女朋友了，就变了一个人似的？"说着已经走到了门边，像想起来什么似的道："晓生，你太不讲义气了，太重色轻友了，说翻脸就翻脸。像你我这样的情况，根本就应该无论自己是否有另一半，都应当为对方赴汤蹈火在所不辞的，小说里、电视里都这样写的，你知不知道？”

易晓生看着已经走到门外的叶一朵，坦然地回到道：“我不看小说和电视剧的。”见叶一朵还要反驳，面无表情道：“你出门记得把大门关上。”

听见这样的逐客令，叶一朵怒不可遏，突然想起刚刚易晓生警告自己“不要找任何人做垫背”的言论，气得牙痒痒，又碍于面子不能折回去理论，于是大声哼了一声转身下楼，一边故意将楼梯跺出响声，扎起来的马尾辫一甩一甩，一边忍不住自言自语道：“我拉谁做垫背的了？不就是找了个女朋友嫌我碍事么，这样重色轻友为富不仁……恩，为富不仁不是说的这个意思，那就是不仁不义丧心病狂了！”她关上大门，不死心地回头看了看，发现大门并未有动静，她突然想起来有一次和程然吵架，下着大雨，她一个人赌气，号啕大哭地跑到了易晓生家，刚敲开易晓生的门，程然就追了过来，她死活不理他，要进易晓生的家，结果易晓生云淡风轻地表示“女朋友在家里”，然后关上了门。现在回想起来，易晓生的见色忘义真是不折不扣，想到这里，突然觉得易晓生这个朋友哪有电视剧里的那样讲义气，想到今天自己相亲还不忘给他打包了自己最喜欢的点心，没来由地心里一酸，抽了抽鼻子，耷拉着脑袋往家里走，一边自言自语道：“以后再也不买东西给你吃了，你都失业了还这样拽，不跟你玩了，我自己有人玩。”

路灯将叶一朵的影子拖得很长，在她身后的二楼易晓生的书房里，浅色窗帘旁站着一个人，这一次看见她耷拉着脑袋的模样没有笑，他微微叹了一口气，很多次他都会这样目送她回去、她和程然一起散步的情形。易晓生想起那次暴雨中叶一朵敲开他的门号啕大哭的模样，如果程然再慢一秒钟赶来，他一定会控制不住将她拥入怀中，但是他看见程然一脸无奈的模样，为了不给他们造成麻烦，再次以“我女朋友在”为由将自己撇得干干净净。他从来不觉得自己的等待是为了等到一个她的空窗期，他相信自己的等待经得起她的任何选择，但他不会将等待的过程告诉她，多年的爱，主语是爱，而多年只是定语，他一向分得清主次。因为定语不是筹码，那只是他爱的一部分而已。

易晓生在很长一段时间里，思考过几个问题：第一，叶一朵对于自己来说到底是什么样的存在？第二，他应当如何面对非单身的叶一朵？

答案在很久之后，终于揭晓。叶一朵对他来说绝不是从小一起长大的妹妹这么简单，他因为不舍得她放弃了出国深造的机会，他为能不露痕迹地出现在她的身边绞尽脑汁，当然，即使有时候露出马脚以叶一朵的智商是看不出来的，他从很早的时候就明白，他是喜欢叶一朵的，这种喜欢有从小一起成长的陪伴，有熟悉地默契，最重要的是有那种看见她的背影都会悸动的心跳。那个时候，他天真地以为，只要陪伴在她身边，她迟早会明白自己的心意，一定要表白或者给对方“女朋友”什么的套上没有多大用处，于是很快，程然和叶一朵出双入对的时候，他第一次觉得自己的判断和智商在女人的世界里有些不够用。程然是他少有的几个亲近的朋友，他不屑于做她的退而求其次，他也不乐意去做替补程然做不到那些事儿的人，以此提高自己在叶一朵心中的地位。他觉得自己对她的爱，可以埋藏地很深，可以不见天日，但他不愿意以爱的名义做任何破坏的事情。所以他看着叶一朵恋爱、失恋……即将再恋爱。今晚，他知道自己吃醋了，再难的物理公式他可以游刃有余，怎么如此笨的叶一朵，他却跟不上呢？

叶一朵洗完澡躺在床上的时候，给林华回了一个字——好。她关了手机，看着外头满星的夜空，她想着自己终于可以迎来新生了，至少有一个人愿意与他并肩作战，生活总是得往前走，她不愿意止步不前，尽管她曾经是那样的爱着程然，哪怕直到现在也无法释怀。她叹了一口气，盖上被子，呼呼睡去。

梦里她回到了大学的时候，她梦见自己在一个图书馆里，从前她经常给程然占座，但是这一次图书馆里空空如也，她开心地挑了一个窗边的位置坐下，然后环顾四周，发现不远处坐着的是易晓生，白色的衬衫在阳光下青春洋溢，他将书本放在桌沿上，一手握着书本，一手抬起来用手背蹭了蹭下巴，那个他最喜欢最常用的小动作在阳光下显得十分迷人。叶一朵站起身，然后走到了易晓生身边，刚要坐下，易晓生用笔指了指旁边的位置，一脸严肃道：“这是给我女朋友留的。”她心里一酸，很不高兴，抬腿便踢了他一脚，不想易晓生一躲，她便踹在了桌腿上，痛得哇哇大叫，一睁眼，发现已经天亮了，脚趾传来痛感，原来踢中了床腿。叶一朵埋怨道：“重色轻友！”

07

林华的早餐成了叶一朵每天早起的理由，因为他总是能找到全城各种有意思有特色且味道极好的早餐馆，叶一朵看着每天顶着乌黑的黑眼圈来接自己吃早饭的林华时候，有些莫名的感动：“一夜没有睡吗？”

林华笑着点头，似乎怕造成叶一朵的负担，解释道：“做设计往往在夜里，经常一张图画好了，天就亮了，遇到你前，会倒头睡，然后饿醒了再吃饭，还好有个理由可以让自己每天吃早饭，再回去睡回笼觉。”

叶一朵想起有一次大学的时候，她去帮程然买早饭，常常会遇到易晓生，那时候的易晓生也总是顶着黑眼圈，一看就是头晚上搞设计弄了通宵的。

林华每天带着叶一朵的吃早饭的习惯延续了大概半个多月，直到有一天，他带着叶一朵到了近郊的一家西式早点餐厅。那天下着晨雨，有些雾蒙蒙的，坐在法式高挑的落地窗户面前，看见雨滴滑落在玻璃面上。林华亲自端上了一杯焦糖玛奇朵，他带着体贴的笑意放在了叶一朵的面前。

“叶小姐，我想我们很有缘分，这样的开头似乎有些老气，想了许久，今天想跟你……表白。”林华连表白，都说的这样坦诚。

叶一朵虽然有些吃惊，但也觉得实属意料之中，一个对你没有意图的男人，会每天变着法儿的请你吃早餐吗？

“我的前女友很喜欢来这里吃早点，喝焦糖玛奇朵，我今天选择这里，是思量了很久的。我谢谢你对我的不隐瞒，我们都曾有过一段难以忘怀的爱情，或许到现在也没有清理干净，我理解你，我想感情是相互的，或许在这样的人海里，我们可以结伴而行，给对方以力量，忘记过往，然后一起构建我们的未来。所以我选择这里，是想告诉我自己，只有直视过去的勇气，才能谈得上放下和忘却。你呢？愿意给我一个机会吗？我一个人，走在忘记的路上，很累很难熬。”

他的眼睛透露出来的忧伤和期待，叶一朵觉得或许只有自己可以读得懂他。她没有来由的想起那天易晓生对自己的说的话：“叶一朵，我很正式地告诉一遍，失败了，要靠自己走出来。别找任何人做垫背。”她想着易晓生说的并不对，她并没有找谁做垫背，可以找一个和自己一样经历的人，携手走出来。她可以忘记程然，忘记那段感情留下的伤痕，她不需要割肉放血，她照样可以重获新生。想到这里，叶一朵对着林华郑重地点了头，那一刻她觉得他们是同类。

窗外的雨滴声，空气中氤氲的咖啡香，她觉得自从程然走后，她看起来充实的生活其实脆弱得不堪一击，终于有人与自己为伴，她有些感动。

和林华的交往，直接跳过寻常情侣的热恋期，没有游乐场的活力四射，也没有不期而遇的浪漫惊喜。林华曾经多次表示，如果叶一朵想要买什么需要他做什么，可以直接沟通，叶一朵对这种方式也表示了认可，她认为这是一个成年人有效的沟通方式。这样的关系让她感到舒心自在，没有压力，因为，她没有精力也不愿意去制造那些甜蜜期的必经情节。

所以，他们达成一致从而顺利地进入了老夫老妻的平稳发展期。因为林华参与的设计正在紧张的筹备中，叶一朵和林华很快就磨合出了最常见的约会方式：早上林华接叶一朵去他公司附近的一家咖啡馆，叶一朵开始赶稿子，林华去上班，然后中午一起吃饭，下午的时候，叶一朵继续赶稿子，等到晚上林华下班，两人再一起吃个晚饭，随后林华再送叶一朵回家，他的车子一般会停在距叶一朵小区远一些的地方，和她一起散步走回来。他们会聊一聊各自工作上的趣事，彼此都十分认真地倾听对方的讲话，哪怕不好笑的话，也会给予认真的回应。对于一开始坦然承认过去的恋情的彼此，在之后的相处里，都十分默契地闭口不谈。

叶一朵觉得自己并非放下，而是努力地遗忘，或许对方也是一样，罕见的是，她这样想若林华放不下过去的那位，竟没有激起心中的半点涟漪，没有吃醋没有好奇，她觉得自己这或许就是成长了，成熟了，懂事了吧。她很想让易晓生见见自己此刻成熟大度的样子，但一想到那天两人的不欢而散，她又赌气地懒得主动搭理他。

每晚他们散步的时候，叶一朵总是从另一个方向回去，这条路线可以不用经过易晓生的家，她可不想见到那张死气沉沉的脸，也不想撞到易晓生的女朋友，虽然易晓生换过很多女朋友，但是她从来没有想象过要和易晓生女朋友相处会是什么样子，她一想到那张没有表情的脸对女朋友讨好奉承的笑容的时候，就会没来由的生气，觉得这样的见色忘义的人在世间一定是凤毛麟角的。奇怪的是她并没有欲望和别人分享易晓生有多么的不仗义，从前也好，现在也罢，发现了这点，叶一朵不得不感慨人与人相差还真是好大的，像自己这样义薄云天的人真是世间少有。

虽然标榜了自己，但是她的内心并没有多愉快，这一个多月没有照面的期间里，她会关注他的微博他的 QQ 他的朋友圈，这些社交圈的动态和易晓生的表现倒是表里如一，十分得干净——等同于没有。只有杜可发了个朋友圈，说好久不见，配的是两杯咖啡的图片，一只咖啡杯边有一只手腕入镜，而叶一朵一眼就认出了那是易晓生的。她迅速发了微信问杜可是不是回国了，杜可回答是。她心中冷笑，有种捉奸成功的成就感，可是很快，她想到自己对这段友情如此割舍不下，而易晓生却已然放下，社交生活也如此丰富，想到他说过不喜欢拖沓的东西，那样的决绝狠心叶一朵的心情又不好了，出于逞强，她没有向杜可打听易晓生的近况，甚至都没有约杜可出来见面叙旧，不过杜可这样的学霸，他的行为处事和易晓生非常相近，叙旧也不会和学渣叶一朵叙，杜可曾经当着易晓生和叶一朵的面表示对易晓生的崇拜，理由竟然是“易晓生能够和叶一朵沟通”，想到这两人在一块，叶一朵又叹了一口气，但为了出气，她便开始报复性地发一些朋友圈，诸如“我在喝咖啡”“天气不错”之类毫无营养的状态，她相信易晓生一定看得见，她就是要告诉他，自己的心情倍儿棒，有他没有他一个样。

杜可回国后，易晓生与他碰过几次面，他对易晓生的设计表示了极高的评价，而他自己也开始着手忙于接洽些项目，两人的交流依旧是简短高效的。那天两人碰面喝了咖啡，易晓生借了杜可的手机，故意拍了张照片，发了朋友圈，很快就收到了叶一朵的质问微信，他以杜可的名义聊了两句，嘴角含笑还了回去。杜可不解，问他干吗不用自己的手机发？易晓生直言不想被叶一朵发现，杜可虽然不解，但表示只要易晓生需要，可以随时用自己的手机。两人再次为彼此的友谊感动。

和叶一朵不欢而散的这一个多月里，易晓生每晚改完图稿后，总会放松放松眼睛，然后刷一刷社交账号，看一看叶一朵的动态，自从他冒充杜可发了那条朋友圈后，叶一朵的朋友圈状态数量增长非常快，他每每刷到那些流水账一般的动态，总会有种“她这样选择作家这条路真的合适吗”的疑惑，然后他会不自觉点一下叶一朵的头像，看看她，他脑海中甚至能浮现出叶一朵不高兴的样子。如果不夹杂着自己的情感，他是很能看清楚叶一朵的心态的，譬如这段时间，如果叶一朵真的陷入了爱情，她的朋友圈里肯定忍不住秀恩爱，但是她这样叫嚣式的动态，无异于在传播一个信号——易晓生你这个王八蛋！所以易晓生这段时间的心情倒是不错。

前几天易晓生接到了一个电话，电话的那头是自称是南北设计院的CEO，想找他聊一聊。南北设计院以眼光毒辣狠准，并敢于启用、提拔青年设计师在业内相当有名，虽然只成立了十年，但比起一些国企的设计院有过之而无不及，现在很多已经成立自己品牌的设计师很大一部分都出自该设计院。

出于对前辈的尊敬，易晓生决定赴约，坐在咖啡店里和这位朱总聊得十分顺利，对方一再表示早就想挖易晓生过来，从国外回来后，发现易晓生已经离职了，所以兜了不少圈子才找到他，颇有些相见恨晚的感觉。在易晓生决定朱总下一步提出请他来自己公司工作的时候，他先表明了自己的态度：“最近在忙一些设计，短期内并不会找公司就职。”

朱总笑道：“晓生，我并非一定要求你来我们公司工作，我也知道你在忙什么样的设计。新区的图书馆，对吧？”

易晓生点头，并无隐瞒的意思。

朱总喝了一口咖啡又笑道：“如果你能加入我们，我自然是欢迎的，但并非只有一种方式合作。”他顿了顿，刚刚亲和风趣的模样似乎只是他的其中一面，此刻终于展现了一个职场精英的模样，他抬头看着易晓生道：“我们一起合作，拿下这个标。”他似乎还想要说什么，但是他看见易晓生的眼皮轻轻动了动，然后他明白，易晓生肯定听懂了他背后的含义。

果然，易晓生点了头道：“我考虑一下，谢谢你。”易晓生自然明白他看似热情真诚的邀约背后的筹码。作为刚刚成立了工作室的易晓生，还处于刚刚选好了办公室地址装修完才入住的阶段，虽然这次的竞标是全面开放的，但是真正最后的竞标中，除了设计师的设计外，设计师身后的背景、资历、作品等都会成为衡量的标准，而这些，他还处于资本积累阶段。在这次的竞标面前，他的实力还差很多。

易晓生和朱总告别后，接到了杜可的电话，杜可说见到了叶一朵和她的新男友，易晓生冷漠地应付了两句挂了电话。他想起前几天的一个晚上他的车子在进入小区后，看见了并肩走入小区的叶一朵和她的新男朋友，两人走向了另一方向，他继续前行，看看后视镜里的两个人影越来越小越来越小，他从方向盘上抬起了右手，用手背蹭了蹭下巴。他觉得自己和叶一朵，就像她散步的路线一样，明明可以用最短的距离走向彼此，但是偏偏要绕一个很大很大的圆圈。为什么要绕？易晓生无奈地笑了笑，他尊重她的每一次选择，哪怕选择的对象不是自己。易晓生一直认为真正的爱是两颗遥遥相望的星球彼此靠近的过程，茫茫宇宙，唯独彼此的颗星球能给予温暖和方向，吸引、共存，而不是将任何一方以爱之名禁锢在自己的领域里。

叶一朵似乎越来越在意和易晓生的没有见面的天数，尽管这些日子的枪手稿件越来越让宋总编满意，但是她的心情却变得毛躁起来。这一切都被叶母收在眼里，她坐在沙发上看报纸的时候，叶一朵总是从二楼到一楼，一楼到二楼这样反复，脚步声还故意踩得特别响。叶母取下老花镜，不紧不慢地放下报纸，抬起头，很认真地道："叶一朵，你的稿费够付家里的地板钱吗？"

叶一朵愣了愣，然后手舞足蹈地嗷了几声道："妈，你都不知道易晓生他有多么冷血无情！"

叶母笑道："哦？怎么个冷血法？"

叶一朵凑到叶母身边，扒拉着手指头道："他新交往了一个女朋友，就连忙把我从他的世界里划出去了，已经一个多月没有联系过我了，妈，你说我们两家靠这么近，他就算手机坏了、网断了、停电了，走几步就能见到我的事儿，但是他就这样活生生见都不见我唉！活生生！"

叶母"哦"了一声，然后道："但是你平常白天也不在家，他就算来找你，你也不知道啊。"

叶一朵恍然大悟："妈，你白天都在家，那他来找我了吗？"

叶母收回身子，拿起眼镜带上，一本正经地道："那没有。"

叶一朵无奈地说道："那你还帮他说话？"

叶母摇摇头："那是你的逻辑不严谨，我只是纠正你。"

叶一朵知道说不过她，抬手告饶，然后手机响了起来，来电是林华，约了等会儿一起吃完饭，说和几个同事一起吃饭，正好借此介绍叶一朵给他们认识。叶一朵简单洗漱了一下就要出门，叶母皱眉看着她几乎没有打扮过的样子就出门的背影，担心地摇了摇头。

事实证明叶母的担心完全正确，叶一朵到了她最常去的粤菜馆的时候，发现他只请了一个人，并且帮他倒茶的时候称呼他为朱总，看样子应该是林华的上司，因此她有些不好意思地拢了拢头发。

林华与朱总之间倒是没有分明的上下级关系，反而更像是学长带着后辈一般，原本以为自己不会听懂并且打算始终保持微笑的叶一朵，惊奇地听见了一个她熟悉的名字——易晓生。

"我好不容易找到易晓生，跟传说的倒是挺一致。"朱总笑着，夹了一口菜道。

林华好奇地问道："我也只闻其名未见过他人，听说不大喜欢混圈子，也很少参加聚会什么的，你能弄到他的联系方式费了不少工夫吧？"

朱总摆手，似乎这个并不值一提："弄到联系方式还好，从拿到联系方式到见面，倒是折腾了点时间，他从原来的设计院辞职了……”

叶一朵抬起头，眨了两下眼，心里纠正了一下——是失业，然后又低下头去吃饭。

“也不奇怪，我见过他的毕业设计，很让人钦佩，连最难搞的朱教授都给了 A，不过他真的在新宇设计所待了整整三年算是很耐得住了。”林华接着道。新宇设计所是易晓生之前的公司。

叶一朵听他们你来我往的口气，好像易晓生在这个圈子很出名似的，不过听到林华那种肯定易晓生待了三年的口气里，她心里默默地想：难道不该好好工作吗？不工作哪里来的钱噢？想到这里她心里翻了个白眼。

“前年的老街设计，听说他才是主要的设计师，因为辈分和资历的关系，设计师的第一个挂名不是他。”林华说道。为了拉动东边的 T 区的旅游，政府斥资建构了一条老街，今年年初已经投入使用，俨然成了 C 市一片著名的风景地带，叶一朵这时候才知道这竟然是易晓生的设计，她抬起头，嘴巴微张有些吃惊地眨了眨眼，她实在无法将易晓生桌面上看似凌乱的稿纸和那么古典美好的街景联系在一起，而且那条街落成的时候，她拉着易晓生去过，还让易晓生帮自己拍了照，可从头到尾，易晓生只字未提过自己和这条街的关系。

“这一次的新区图书馆，他已经竞标了，所以我找他聊了聊。”朱总盛了一碗汤。

林华有些吃惊地抬起头："这个项目我在全力负责。"

朱总点头："我知道。他不会竞标上的。"顿了顿他补充道："资历是他的硬伤。"

叶一朵有些抵触，只听见最后一句，心想他凭什么说易晓生坏话，资历怎么就是硬伤了？这样评价易晓生，不知道易晓生从小就出类拔萃吗？怎么就他们能竞标上，易晓生不能竞标上啦？想到这里她又抬起头了，看了看朱总。这次朱总突然笑着问她道："怎么，你也听说过易晓生？"叶一朵刚要说"是啊我不但听说过，我还认识，而且他还很厉害，从小到大出类拔萃，高三的时候还收到过常青藤的录取通知书，虽然最后没有去但是也证明了他的实力，他读的是国内最好的建筑学，所有的教授对他都赞不绝口！"她准备了一大箩筐的反驳的话，却发现朱总的目光落在了自己身后的地方，笑道，"你看，背后不能说人，那个就是易晓生。"

叶一朵和林华同时吃惊地转身，自然，两个人吃惊的内容也不同。林华明显是一种"噢，原来他就是易晓生"，叶一朵则是一脸"那么长时间不见不知道他有没有变化"看得过于仔细所以还歪了歪身体，待到看清易晓生还跟从前一副德行，一种莫名的心安油然而生。易晓生显然也感觉到了被注视，他轻轻一转头便看见了这一桌人，目光在叶一朵的身上停顿了一秒，然后冲着朱总点了点头。

朱总倒是大方地挥了挥招呼他过来，易晓生的左手手背蹭了蹭下巴，然后走了过去。

叶一朵几乎没有见过易晓生工作中待人处世的方式，她颇有些好奇对自己冷冰冰的学霸会对工作中的人什么态度，所以她放下筷子，带着一丝忍不住的坏笑看恶作剧一般不动声色。

“真是巧，一起。”朱总说着招呼服务员多加了一副碗筷，完全无视易晓生的推辞，随后自然地介绍了林华和易晓生认识，两人隔着餐桌互相点了个头，目睹此情此景的叶一朵憋着笑，想着易晓生一本正经地和人打交道的模样还真挺有意思。

“刚刚说起你，我还问林华女朋友是不是听过你。”朱总笑着道。

叶一朵抬头正好碰上了易晓生的视线，她匆忙移开，有些不自在地将碎发别到耳后，正要开口，就听见易晓生云淡风轻的声音响起：“我们是校友。”

“那还是真挺有缘分。”朱总刚感慨完，服务员将之前易晓生点的打包的菜品送了过来。

易晓生看了看林华和叶一朵，补充了一句道：“帮女朋友买的，我得回去了。”这话他说得极其自然，以至没有任何破绽，只有他自己知道，这样的谎言在叶一朵和程然的恋爱过程里，他已经演练过很多次。

叶一朵闻言本能地抬头看了易晓生一眼，嘴角想扯出一个微笑，却颇为艰难，心里头莫名空落落的，也不知道是为了什么。

朱总和林华理解地笑笑，朱总也不忘揶揄他道：“看不出来，还真够体贴的。”

叶一朵觉得最爱吃的那份菜心在嘴巴里竟索然无味，嘴巴里有些发酸，她想着自己前段时间正是从这家餐厅打包了食物给失业中的易晓生送去，最后被赶出去的结局，如今他买给他女朋友，连说话都这样礼貌，想想这些年怎么就交了个这样的见色忘义的东西呢。

易晓生几乎是刚转身，一个充满女人味的声音响了起来：“林华，我回来了。”

循声望去，站在叶一朵斜前方的是个长卷发，画着一丝不苟的淡妆的女人，她的唇线十分流畅，让叶一朵很有冲动去问问她怎么化的。

林华的筷子掉落在盘子上的声音很清脆，由此可以看出这家店的餐具还是很有质量的。从他没有合拢的嘴巴和放大的瞳孔里，叶一朵可以推断出这个女人应该就是他那位不告而别的女朋友，她很感慨这位女子的美貌，怪不得林华对她念念不忘，还是很有说服力的。

“加州的阳光虽然好，但是没有你。我申请了国内的大学继续学业，没有工作，你愿意供我读书吗？”她的声音带着紧张的颤抖，激动和发自内心的爱意溢于言表。这一刻叶一朵竟然为她的勇气感到钦佩和赞赏，甚至带着一丝感动，她为这一对男女主角能够重逢而感到由衷的喜悦，她的祝福几乎要脱口而出，但是她自知自己并非这出戏的女主角，而此刻正上演着男女主角重逢的戏码，自己万万不能抢了戏，因此她的表情颇为复杂，让旁观者看着心惊胆战她却浑然不知。

林华站了起来，他似乎有些局促和紧张，叶一朵清楚地看见他垂下的手指头有些颤抖，就在叶一朵准备说出“快去啊”的时候，一个意外的声音响了起来——“叶一朵，跟我回家。”

好像是一幅水墨画中突兀的绚丽色彩，又像是一首旋律清新的曲子里低沉的音符，使得叶一朵的视线，倏地从林华和前女友的身上转移到了桌旁的人身上，哦，晓生。

这一次他没有用手背蹭下巴，而是将食盒轻轻搁在了一边的桌子上，他的脸上露出些许不耐烦，加重了口气道：“快点。”如同催促孩子收拾书包上学的家长。

叶一朵看了看林华和那位漂亮的姑娘，又冲林华笑了笑，然后拿起手提包从位置上站了起来，走向了易晓生。

易晓生从头至尾没有再看过那一群人一眼，他看见叶一朵走近自己，无比自然地将她的包接了过来，顺势拉起了叶一朵的手，毫无违和感地往门外走去。叶一朵理所当然地被他牵着往外走，又觉得不辞而别不大好，于是一边扭头对着林华的方向握了握拳，用唇语道了声“加油”。目睹全过程，完全分不清楚状况却又无比好奇的服务员们吃惊地看着这一切，连“谢谢光临”都说成了“谢谢再来”，而朱总面对了情人重逢之外还看见了一出英雄救美，这“英雄”竟然还是圈内著了名“不近人情荤素不侵”的易晓生，他虽然摸不清楚状况，可一时间还是有点小兴奋呢。

叶一朵被易晓生握着手，然后回头看了看，易晓生不满地用力握了握她的手，叶一朵回头之际说道："那个……那个，你打包的……忘了呀。"

"不要了。"易晓生干脆地答道。

"好浪费啊。"叶一朵不舍地舔了舔嘴唇，补充道，"我还没有吃饱。"

"再给你买。"易晓生另一只手取出车钥匙，带着叶一朵来到车前，先打开了副驾驶的车门，将叶一朵几乎是塞了进去，然后弯腰帮她系好了安全带，直起身后，啪地关上了车门，随后快步走到驾驶位置，系好了安全带，发动车子，一气呵成。

叶一朵这才想起来那打包的东西是易晓生买给女朋友的，有些抱歉道："对了，晓生，那你女朋友吃什么呢？那个打包的……"

易晓生降下车窗，车外的空气迅速吹了进来，他简单又明了地说道："分手了。"

叶一朵忍不住了"啊"出了声："怎么会……这么快又……"很快叶一朵就脑补出了易晓生为什么会分手，"你们是不是处于分手边缘，你买东西给她吃讨她欢心，但是想想还是算了，所以分手啦？"

易晓生想也不想，立即回答道："你说得对。"叶一朵毫无怀疑地叹了一口气，有些同情地看向易晓生，易晓生瞥了她一眼，道："我们都被分手了。"

叶一朵又情不自禁地"啊"了一声，看了看易晓生好几秒，才回忆起刚刚的场景，她这才发现自己完全以一个看客的心态在看待林华和他的前女友重逢的事情，而自己俨然是林华的正牌现女友啊！等到恍然大悟过来，叶一朵摆摆手，不经意道："成人之美成人之美。"瞬间就喜笑颜开地凑向易晓生道："晓生晓生，我之前误会你了，你快有两个月没有见我了，我还以为你重色轻友，但是今天……"

易晓生不耐烦地表示："哪有两个月。"

叶一朵扳着手指头道："怎么没有，我给你算。"

易晓生看了看认真算的叶一朵，有些无奈道："五十三天，怎么就两个月啦？你给我坐好。"

叶一朵"噢"了一声，然后坐好，觉得哪里不大对，但是又说不出来。她看了看易晓生道："真没有想到我叶一朵也有这么大度的一天呢。"

易晓生从后望镜里看了她一眼，镜子里的叶一朵完全没有一丝一毫的难过伤心等失恋标配表情，他的目光变成了智商上的同情和无奈，然后懒懒地问道："想去哪里？"

"冰激凌。"叶一朵文不对题地答道。

易晓生知道叶一朵说是哪家，他又有些无奈道："说了不吃冰的。"

"我都失恋了，买个醉都不行吗？"叶一朵恨恨地道。

08

叶一朵在第二天收到了林华约见面的短信，她想着无论如何这段短暂的感情里彼此都带着最大的诚意，只是林华比自己幸运一些，他不需要从过去的感情里再走出来了，因为那段过去的感情可以延伸到现在甚至将来，她没有嫉妒没有悲伤，她充满了祝福。

林华和叶一朵的见面在叶一朵家小区口的便利店，两人并肩坐在临窗的高凳上，看着林华的一脸抱歉，叶一朵却宽慰了他，临了了她说：“别觉得欠了我什么，我真心祝福你们，我很羡慕你们，他也许回不来了，可看见和我情况类似的朋友能够如此圆满，我也觉得开心。”

临别之际，林华叫住了叶一朵，问道：“或许，你可以去找他？”

叶一朵的脚步停了停，没有答话，少顷，她转身冲他挥了挥手：“再见啦。”

叶一朵不知不觉走到了易晓生的家门口，按了一下门铃，易晓生就打开了门，他的嘴角上还有一点牙膏沫沫，看见叶一朵道：“吃早饭了吗？”

叶一朵抬头看了看易晓生家的挂钟，摇了摇头，她坐在餐桌旁，想起林华追求自己的那会儿喜欢约自己去不同的地方吃早餐，她摇摇头笑了笑，她对于林华竟然有种战友的感觉，闻着诱人的早餐香气，看着煎蛋面包和焦糖玛奇朵放在了自己的面前，她开始狼吞虎咽起来。

易晓生刚拿起筷子，看见阳光透过窗户洒在叶一朵的背后，她大口大口吃着早餐的模样，有些晃神，撇撇嘴道：“悠着点，别呛着。”见叶一朵抬头感激地冲自己笑了笑，补充了一句道，“咳嗽了又得弄脏我的餐桌。”

叶一朵白了他一眼，将嘴巴里的食物咽下，又伸手去拿易晓生面前的餐盘，一边道：“这个单面煎的鸡蛋真好吃，你还吃不吃？不吃了吧？我来帮你吃。”说罢将荷包蛋移到自己盘子里，又吃了起来。

易晓生见她的表现完全没有佯装坚强和故作欢颜的样子，有些奇怪道：“你这样可真不像失恋。”

叶一朵挥挥手，一副“多大事儿”的模样：“你那时候和我说，失败了，要靠自己走出来，别找人做垫背。林华却跟我说，我和他感情经历那样类似，因此我和他可以结伴而行，我信了，因为觉得割肉放血的过程太可怕。”说到这里的时候，叶一朵的情绪突然低落了下来，她看着易晓生露出了苦涩的微笑，“你是对的，晓生，外人的帮扶只能是锦上添花，靠自己走出来，才是真正的坚强。”她看见易晓生的眼波动了动，无力地垂下头道，“但是我，胆子太小了。”

易晓生抬起手，想放在她的头顶，他想对她说“小朵，还有我”，忍了忍没有说，他想能意识到这个问题的叶一朵离走出来并不远了，他希望看见独立、自信、坚强的叶一朵，他可以做她的后盾，而不是代替她跑，他尊敬她，爱她，然后他默默地收回了手。

叶一朵抬起眼皮，看了看易晓生，突然笑了笑，道：“林华和我告别的时候，对我说——或许我可以去找程然。”

空气中只剩下水龙头的滴水声和易晓生深呼吸的声音。

叶一朵直起身子，问道：“你觉得呢，晓生？我要去找程然吗？其实我的工作也不用坐班，我到了美国也可以写作交稿，也不用他养活我，我可以独立自主，我也不会成为他的累赘，我……”

“去啊。”易晓生面无表情回答了两个字，随即起身，将餐具收拾到了水池子里，水龙头的水哗啦啦直作响。

叶一朵原本以为易晓生会大骂自己一顿，但这样的反馈让她猝不及防，她走近易晓生的身边，轻轻扯了扯他的衣角，问道：“你是认真的吗？”

易晓生侧脸看了看她，屋内平和的一切与他眼睛里透露出来的目光却截然相反，他声音冰冷得不近人情：“我希望你是认真的，如果你去找他。”

叶一朵愣了愣，点点头：“我……我还蛮认真的。”

易晓生将碗筷又冲洗了一遍，道：“去美国可不是去上海北京，坐个飞机就能到。你自己好好做一个计划，怎么办签证，怎么去那里，你途中要带什么，住多长时间，还有，叔叔阿姨那边你如何交代，你考虑好了，机票我出。”他说得条理分明，没有什么情绪的波动，看不出是鼓励还是阻止，就像是演算一道题，罗列出了有用的公式一样。

叶一朵看着被窗棱割裂开来的阳光投影，用脚尖点了点，许久后才缓缓道：“我连他在哪个州念哪所学校都不知道。”

易晓生用水池边白色干布擦了擦手，看了看叶一朵道：“知道就好。”

叶一朵的眼泪开始掉下来，万般滋味笼在心头，她说：“我要吃好的睡好的，养得白白胖胖的，等他再见到我，后悔死。”

易晓生无奈地看了看叶一朵愁眉苦脸的模样，叹了一口气：“别和任何人较劲，如果真要较劲，就和你自己较劲。”末了，他又问道：“我下午有设计要赶，你要赶稿吗？”在易晓生的口气里，好像再跌宕起伏的事情到了他手里都可以不露痕迹地云开月明。

叶一朵抽了抽鼻子点点头，又问：“我上个月稿费已经花光了，没有钱去咖啡店里写稿子了，你如果去咖啡店写的话能不能稍上我？”

易晓生斩钉截铁地回答道：“不能。”

叶一朵嘟囔了一句：“小气。”

“你可以在我书房里写，还能省点你家的电费。”

……

chapter 3

在时光彼岸的对望中告别

白色的罂粟花，沉重地负载着梦，
我渴望着它们的唇瓣。
当我瞧见它们隐匿，出没在阴影之中，
它们是白色的；
……
是的，这是一次长的追寻
这是一次焦渴，当我看到它们
在挺立的树丛中消逝，忽隐忽现。

呵，当爱情在心中熄灭，人们何等悲痛。

《白罂粟》——埃兹拉·庞德（美）

愿你杯中水常温，愿你伤心有人吻，愿你身边常伴心上人。

09

从西瓜棒冰的悠悠夏日，到秋风瑟瑟满地梧桐落叶，终于到了初雪降临S城的时候，叶一朵的小说出版了，她披起外套捧着刚刚寄到自己家的样书激动地敲开了易晓生的家门。易晓生低头看了看她露出脚后跟的拖鞋道：“你现在连冬天的鞋都买不起了吗？”

叶一朵乐呵呵地钻进了门，穿上易晓生递来的拖鞋，跺跺脚将身上的积雪抖落，然后将书高高举起凑到易晓生面前，大声道：“看见没，我的书，我写的！快把笔名念一遍给我听听！大声点。”

易晓生走到冰箱旁倒了一杯牛奶，又放进了微波炉里，然后对着死死跟着自己的叶一朵道：“你书拿反了。”

叶一朵缩了回来看了看，指着书脊上的叶一朵三个字道：“跟我念——叶、一、朵！”说罢自己笑起来，“叶一朵叶一朵叶一朵！”

微波炉里叮了一声，易晓生取出牛奶，递到叶一朵面前的茶几上，拿起她的书看了看道："是自费出版的吗？"

叶一朵没有意识到易晓生话里的嘲笑，带着得意道："我要拿稿费的！"

易晓生将书又放回叶一朵手边，摇摇头感慨道："这年头编辑都没有业绩考核的吗？"

叶一朵咬了咬下唇，做出来要揍他的姿势道："人家那是慧眼识珠，你懂什么？"

易晓生忍不住笑了笑："我也是慧眼识'猪'啊，只不过是动物的那个猪。"

叶一朵气得不知道如何反驳，连连道："你这是嫉妒！嫉妒！肯定是，嫉妒我的才华和美貌！"

易晓生一边往楼上书房走，一边真诚地问道："你确定这两者你都有吗？"

叶一朵生气地坐在茶几前，找了一支笔，她原本想写一些感谢易晓生照顾自己的话，作为扉页的题词送给他来着，但是眼下完全没有这个必要了，于是，她想了想，露出了坏坏的笑容，大笔一挥写下一行字，然后仰头将微热的牛奶喝个底朝天，扬长而去。

傍晚下楼吃晚饭的易晓生，看见了茶几上留着的书，温柔地笑了笑拿了起来，他眼前浮现着小时候的光景，那时候他刚上小学，叶一朵爱待在他家里玩，那时候她爱捧着有五颜六色的画画的书看着，经常拿反了，易晓生便无奈地过来帮她摆正，但是叶一朵就会拉着他的衣角让他给自己讲上面的内容，那短短的几行字他生生可以讲个十几分钟，时不时地还有模仿和表演，他想自己为什么后来越来越不爱说话，怕是那个时候说太多了。后来等到他们都长大了一些，叶一朵便开始有了这方面的天赋初露，每次他摆弄建筑模型，她就会津津有味地看着电视剧，然后和易晓生讨论如何才能让男女主角的故事更加精彩，到了最后虽然大都面目全非，但她活灵活现的表演，让人真是难忘。高中的时候，他和叶一朵经常去市内最大的图书馆看书，一待就是一个下午，从艳阳天到几度夕阳红，再踩着单车载她回家，她坐在他单车后面总喜欢晃着脚，他一直担心她会掉下去，这种担心演变成每次叶一朵坐在副驾驶他都会条件反射地看安全带系好没有。那时候坐在后座的叶一朵总会问他下午看了什么书。他说了几个学术词语，叶一朵就会不耐烦地打断他，然后喋喋不休地讲起她下午看的小说内容，有时候他会使坏故意找个颠簸的地方，感受她猛地攥住自己衣角的感觉。

易晓生一手端起咖啡，将书放在了腿上，缓缓打开，一看扉页的字，手一抖咖啡便洒在了裤子上。他已经不记得自己多少次为叶一朵的智商着急过了——送给慧眼识猪的易晓生！就在他哭笑不得之际，扉页下面的夹着一张面纸吸引了他的注意力，面纸上的字迹歪歪扭扭——晓生，陪我过圣诞节吧，我想像其他女孩子那样漂漂亮亮的过节，我有稿费，可以请你好吃的。

易晓生突然想起好像女孩子们狂欢的节日就要到了，虽然他内心深处觉得这样的节日和非信仰人士实在没有多大关系，但是字条上的那一句“我想像其他女孩子那样漂漂亮亮的过节”还是让他的心动了动，他想起这大半年来，叶一朵即使在和林华的短暂交往中，也没有流露出一个女孩子恋爱时发自内心的高兴，他明白她越是只字不提，越是忘不掉放不下，但是今天她第一次说这样的话，或许……是她真正走出来的信号，既然她已经要走出来，那么他有什么理由不伸出手呢？等待伸手的这一刻，他等了小半生啊。

生活如同硬币的两面似乎已经是共识，易晓生的设计竞标过了初选的消息从主办方那里得知的时候，他一脸的平静，但是嘴角还是浮了浮，但是下一秒他接到了大西洋那头的母亲大人的电话。

“晓生，我朋友的女儿圣诞节回国，国内的宾馆都被订满了，她没有地方住，我把家里的地址给她了。”易晓生的妈之所以能和叶母成为关系很好的朋友，不得不说这两人的行事风格和思维方式都十分的利索简单。易晓生愣了愣，刚想说什么，对方又迟疑了一下道：“圣诞节快乐，儿子。”

易晓生看了看手机，无奈道：“你也是。”然后双方收了线。

易晓生站在人来人往的大街上，风吹着他的脸有些刺啦啦的疼，他拉了拉领子，边上走来一个发传单的小妹，将手中的传单递给他道："帅哥，我们餐厅圣诞节打折，情侣来只要799 噢。"见易晓生并不接，翻了个白眼道，"你是不是没有女朋友啊，请喜欢的姑娘来我们这里吃就有女朋友了！"

易晓生看了她一眼，反常地哼了一声。他从来没有过过圣诞节，这一次他打算好好过一个圣诞节，他在脑海中迅速列了一下圣诞需要做什么，很快，他觉得圣诞节的气氛最重要，那么就买一棵圣诞树吧，于是他很快谷歌到了一家店，扛着一棵不大的圣诞树回了家。

易晓生对于平安夜的规划很简单，他先去网上搜索了一下"女生平安夜那天怎么过"，男网友们普遍表示了平安夜好无聊关我什么事之后，大部分答案在等女朋友化妆换衣服出门，陪女朋友买衣服刷卡，再请女朋友吃一顿很有情调但其实吃不饱的晚餐再无其他建设性意见了，而女网友的回答则颇为多姿多彩，具体表现在为了平安夜那天让自己最美，提前做了美甲做了美容做了头发，甚至提前选好了内衣……

易晓生用右手手背蹭了蹭下巴，他有些烦恼，怎么样才能让叶一朵觉得自己美美的呢？于是他拨通了杜可的电话，杜可有些惊讶易晓生怎么连怎么过圣诞都不会，于是给出了自己和他去看场电影，要不去个博物馆之类的建议，后来才知道是易晓生要和叶一朵去过圣诞夜，抓耳挠腮想了一下，对易晓生说"你谷歌一下"吧，失落的声音里表示了对易晓生沦落至此的无奈。

易晓生觉得这个课题有点麻烦，毕竟身边有过这方面经历的人几乎为零。他只好假设带着吃完晚餐的叶一朵，回到家里，看见那么美美的圣诞树，她会不会感动到泪流满面？想到这里易晓生又摇了摇头，到时候可不能让她发现自己扛了一颗圣诞树回来是为了她，不被笑死？想到她笑话自己的模样，他自己也忍不住笑了笑，然后他去网上搜索了附近的美容美发的店面，最终挑个最贵的，打了电话去。

第二天易晓生称自己没有饭吃，来到了叶一朵家蹭饭，没想到叶一朵不在家，他只好留下了夹着美容、美发以及美甲卡的书，说是留给叶一朵，临走之际他不忘回头看看那本书，希望叶一朵收到那些卡后能美美地打扮她自己，做一棵最漂亮的圣诞树。

叶一朵见了宋主编回来后，心情大好，因为这段时间交稿及时且稿件质量也不错，宋主编打算让她尝试着写一些其他栏目的小稿子。叶母指了指易晓生留下来的书后，叶一朵看了一眼，一看书名《建筑学概论》，翻都没有翻就判断这是易晓生忘在自己家的，想着见面再还给他，于是原封不动地搬回了房间，搁在了一边。

硬皮封面厚厚的书躺在了床头的小茶几上，屋外是雪花漫天，像是无比欢畅的少女的心，笼罩着这个城市的每一寸。将圣诞节过出情人节味道的S城，幸福得快要溢出来。

10

易晓生这几天完全沉浸在了等待平安夜的期待里，虽然他表面一如既往平静，但是他频繁地出入各种超市、小店，购买了大量的 blingbling 的东西来装饰圣诞树，有时候拿不动，便拉上杜可一起，也担心购买的过程被叶一朵不小心撞见，所以十分之偷偷摸摸，杜可一边一脸不悦的抱怨说“我堂堂正正活了一辈子，到你这儿竟做些偷鸡摸狗的事情”，一边专注地帮他计算从色彩、造型等方面女生的喜爱程度上来选择装饰品，时不时地挑剔易晓生做得还不够完美，每每装饰完一部分，易晓生都本能地观望杜可的态度，直到杜可点头，他才能放心。布置完窗户、桌椅、壁炉等，最后小心翼翼地用布将圣诞树盖上，家中也拉上了窗帘，生怕提前被叶一朵发现。易晓生和杜可忙完累瘫在地板上，看着四周充满少女心的布置，两人再一次感慨“这可比做设计难多了”。两人对视了一眼，杜可拍了拍易晓生的衣角道：“也就是你，我才会帮这么大忙。”

易晓生不由感动，笑了笑。见易晓生这一笑，杜可也笑了出来：“好兄弟！”

这段时间的叶一朵忙得几乎快要忘记平安夜的到来，日夜兼程地赶着杂志的稿件。虽然第一本书销售在市场的反响十分平平，但是她算是入了门，接着开始着手写第二部稿件。在人物构思和情节设定上，有了更多的想法和成熟的表现技巧。窗外的大雪纷飞，她却心如暖春，有时候停下来伸伸懒腰的叶一朵，隔着窗户望向易晓生家的方向，想起他那种总是没有表情的脸就觉得好好玩，然后在雾蒙蒙的窗户玻璃上，画了一个易晓生的简易肖像，自己哈哈大笑起来。

等她拿起手机看了看还有几天才到平安夜的时候，愕然发现平安夜已然到来，惊诧地差点从椅子上摔了下去。叶一朵推开桌子站起来的第一件事情就是洗头，埋头冲洗着满是泡泡的头发的时候，叶母端着咖啡悠然地靠着门口看她道："小易在楼下等你，你们晚上约会？"

水哗哗哗的声音有些吵，叶一朵模糊听见了易晓生来了的意思，一边埋头洗头，一边用低沉的声音，着急道："妈，你告诉他，我在洗头！"她想着是自己主动约了易晓生今晚的活动，竟然自己给忘记了，所以更加着急。

叶母却不紧不慢地自言自语道："你们以前可是你不洗头就能见面的关系。"

叶一朵只顾着加快速度冲洗完头，压根没有理会叶母说什么，等到冲洗完，她一手拿着干毛巾擦拭着头发，一手抄起电吹风往楼下走，她本来打算抽一下午的时间好好准备一下，正如她在那张面纸上所写，她觉得自己离烟火人间太久了，因此要美美地去热闹一场。不想竟然记错了时间，还让易晓生白等，所以只能把"美美的"降低为收拾干净了。她将头发撩在眼帘前，一边揉着滴水的头发，看见了坐在客厅沙发上易晓生腿，然后弯下腰在沙发后头的插座上插上电吹风的插头，靠着易晓生的腿盘坐在地毯上，像贞子一样开始吹起头发，一边解释："我现在就是一文化人儿，事业型女性你懂不？我每天忙死了，我第二部稿子已经进入到了紧张的阶段，我马上就会……炙手可热了，到时候啊，你想跟我吃饭得预约了，那等我吃饭的人是排山倒海络绎不绝的，你想象一下，快，闭上眼想象一下……"伴随着吹风机的声音，叶一朵又是垂着头吹头发，说话的内容辨识度十分之低，终于等到她关上了电吹风，还了世界一片安静，她将头发使劲甩向脑后，舒了一口气，感觉视线一片清明，她侧身仰头问道："晓生你说是不……"

叶一朵这时候才看清今天的易晓生的打扮，不知道是头低的太久的原因，她眼前竟然亮了亮。易晓生坐在沙发一角，一手搭在沙发扶手上，翻着一本杂志，咖啡杯里袅绕着几许热气，他穿着浅灰色的衬衫，罩着一件黑色羊毛呢大衣，袖口处露出一截恰到好处的袖口，整个人的轮廓显得格外英俊，他偏头看了看叶一朵，冷静地问道："你刚刚说什么？"风度翩翩。

叶一朵被这样的一副画面愣了愣，不自觉地咽了咽口水，匆忙抓了抓头发来掩饰自己的心跳加速，岔开话题道："你说我头发放下来好，还是扎上去好？"

易晓生认真地看了看，给出了意见："放下来。"看见叶一朵好奇的眼神，补充道，"刚刚吹干的头发是比较脆弱的，如果你扎起来，对头皮本身也会有一些伤害……”

叶一朵白了他一眼，挥挥手，往楼上去，走到一半趴在楼梯扶手上探出半个身子道：“晓生，你今天可真是美美哒！”

易晓生低头看着杂志纹丝不动，直到叶一朵上楼的脚步声消失，他才抬起头看了看楼梯的方向，对面电视柜玻璃上自己的倒影，侧脸看了看又看了看，然后有些害羞地用右手背蹭了蹭下巴，想到赴约前，他可是买了三四套衣服，最终选择了这一件，果然不负努力，情不自禁地笑了笑，收回目光之际看见了从楼上下来的叶母，吓了一跳。而叶母显然将他这一系列的动作都收在了眼里，宠爱地笑了笑。

等到叶一朵迅速将自己收拾好，临出房间之际，又折了回来，想起易晓生前段日子“忘在”家里的书，便将书桌上那本《建筑学概论》塞进了包里，顺道儿还给易晓生。

临近傍晚的天气有些冷，天空中飘着星星点点的雪花，满足了无数少女们的心。易晓生的车缓慢地行驶在去繁苍楼的路上，但是叶一朵的心情却丝毫没有受到拥堵的路况的干扰，十分之大好，她一边看着外头的风景，一边哼着不着调的小曲儿，身体还随着节奏左右摇摆。路况显然十分糟糕，整个车流几乎停滞，原本只在人行道上做生意的许多小贩，发现了眼下的“商机”，纷纷走向堵着的车辆，有卖小玩偶的，有卖气球的，有卖玫瑰花的……终于一个中年大妈锁定了这对青年男女向他们走来，敲开了叶一朵的窗户，抱着一大束玫瑰探出半个脑袋来，带着浓郁的口音嚷嚷着道："大兄弟，买束花送你女朋友啊！"

叶一朵故意不说话，看热闹似地瞄着易晓生，想看看易晓生如何应对这样的场景。易晓生不动声色地继续坐着。

大妈又道："大兄弟大兄弟，你女朋友辣（那）磨（么）好看，一束两百块，大姐不赚你钱，就两百，两百块你今天在花店买不到的！"

叶一朵憋住笑，继续看着易晓生。

大妈看了一眼叶一朵，又对着易晓生道："大兄弟大兄弟，两百块你买不到吃亏的，你买到的是浪漫，买到的是天长地久，听大妈的没错！大兄弟，两百块，大姐祝你和你女朋友和和美美早生贵子。"

听到最后四个字的时候，叶一朵忍不住笑出了声，"呆若木鸡"的易晓生这时候终于转过头来，他一本正经地对这位大姐道："交警来了。"

大姐敏捷地抽回已经塞进来将近半个的身子，一溜烟儿的跑不见了。

车流缓缓往前行，叶一朵乐不可支，笑得不能自己，一边故意学着大姐的口音道："大兄弟大兄弟，两百块你买不到吃亏……"

易晓生有些不大高兴地嘟囔道："我才不是她的大兄弟。"

叶一朵听闻此言，更笑得痛了肚皮："那她要是叫你小帅哥，你买不买呀？”

易晓生回答得倒是干脆：“不买。”

“没情趣！”叶一朵一脸嫌弃地说道。

易晓生没有接茬，叶一朵突然觉得这话有些过了，好像是女朋友在撒娇一般。她自以为与易晓生的关系更像是兄妹……或者是兄弟？于是颇为尴尬地将头扭向一边，就在那么一瞬间，她内心深处竟然生出了一种如果他买给我花其实也不错的感觉，但是很快就被自己的想法吓了一跳，赶紧闭上眼睛摇了摇头。易晓生瞧见她的一系列反应，习以为常地笑了笑。

在这座飘着细雪的城市里，有一处规划整齐有序的小区，东南方有一座房子，房子里虽然空无一人，也拉着窗帘，但是壁橱上、玻璃上，连楼梯的扶手上，都布置成了满满的圣诞风格，随着夜幕降临，屋内越来越暗，但是在壁炉旁却立着一棵装饰好了的圣诞树，圣诞树下放着一束英文报纸包裹着的白色的玫瑰，格外醒目。那是他想给她的惊喜。

易晓生和叶一朵显然已经是繁苍楼的常客，带路的小哥笑着引路道：“易先生，好久没有带叶小姐来了呢。您上次定位后，我就留下了你们最常坐的位置。”

繁苍楼位于京南西路最高的建筑最高层，可以俯瞰大半个 S 市，据说出自某位设计大师之手，其格调比易晓生还要高冷，当然价格自然不菲。在他们坐下后不久，就有一个打扮得像一棵圣诞树的女主持似乎是在这里做一个节目，对着摄像机说着什么，隐约听见有“圣诞”“餐厅”“别具一格”“浪漫”等多种词汇，很快她又介绍起了这家餐厅，摄像机也简单地将周围环境拍了一下，等到叶一朵这桌的饭菜上了之后，那位女主持人也完成了工作，被餐厅的主管请到了离叶一朵不远处的地方用餐。

就在这位女主持人经过了叶一朵这一片的时候，她的目光停留在了易晓生身上，直到走了过去，还折回来看了又看，等他们入座后，那位摄影师又折了过来，虽然装作不经意地回头，但叶一朵还是发现他是为了看易晓生，于是轻轻点了点易晓生面前的桌面。易晓生抬起头，疑问地看了看叶一朵，那位摄像大叔连忙对不远处的女主持人点了点头。

“你认识他们吗？”叶一朵看了看摄像师又看了看易晓生背后走来的女主持人。

易晓生将手肘搁在了椅背上，看了看，然后摇了摇头，端起了青瓷茶杯。

“是易晓生易先生吗？”女主持人的声音果然清脆悦耳。

易晓生看了看她，又低下头去喝了一口茶。

“您好，我是S电视台生活频道的主持人，我们台一直想做一期跟进报道新区图书馆项目中设计师的节目，希望能向观众传递我们这座城市的新锐力量，之前我们看过您的一些作品和照片，一直联系不上您，不想在这里遇到，您看您什么时候方便和我们做一个访谈呢？”女主持人说起来条理分明，带着期待的眼神看着易晓生。

叶一朵从一个女人的视角里，完全看见了她带着想要接近的意图。叶一朵埋头继续吃饭，但眼角还是瞥见易晓生拿起了手边的餐巾擦了擦嘴巴，然后道："做不了，谢谢你。"

这六个字，让叶一朵徒然一惊，心想怎么会有这种人，能将斩钉截铁的拒绝做得如此有风度。她有些担心地抬头看了看那位女主持人，女主持人似乎并没有就此罢休，她目光与叶一朵撞了个正着。女人在向一个男人表示好感被婉拒并不会觉得丢脸，让她觉得丢脸的是被其他人碰见，而且还有一个女人。"你女朋友很好看。"女主持笑着道，给自己找了一个台阶，其实并不确定两人的关系，所以也不愿意急着离开。

叶一朵刚要辩解，就听见易晓生的声音稍微提高了一些："谢谢。"这样的回答其实并没有回答，但是却给对方似乎传达了更暧昧的信息，叶一朵心中徒然有些窃喜。

女主持这才确认了两人的关系，放在平时会觉得有些遗憾，但是易晓生这样看似礼貌实则拒绝的态度，让骄傲的她很没有面子。"像你这样优秀的年轻设计师，女朋友一定非常优秀吧？"

叶一朵连忙道："我……"

不想又被易晓生的声音不漏痕迹地盖过："是的。"

叶一朵听闻此回答，想着对方一定默认为这个女朋友就是自己，没想到平常做事情那么四平八稳的易晓生，竟然会有这样的回答，颇为瞠目结舌，尴尬地笑了笑，心想易晓生平时嘲笑她低智商的话可都历历在目，在易晓生心里自己和优秀两个字可真是十万八千里不搭边的。不想易晓生放下了杯子，抬头道："你们点的菜品好像上了。"不动声色的逐客令，易晓生似乎最擅长的事情是拒绝。

女主持剜了一眼叶一朵，有些讪讪地走了回去，她的高跟鞋踏出的脚步声在安静的餐厅里格外响亮。叶一朵看着她的背影，突然有些感慨，女人在男人的战争上，通常都会将同性视为仇敌一般，其实是不大聪明的。

易晓生有些皱眉地扫了一眼女主持走过的方向，显然对于她那种不友善的看叶一朵的眼神有些不满，随后问叶一朵道："什么时候上甜品？"

叶一朵觉得易晓生今天有些奇怪，虽然他的话还是很少，但是明显有些心不在焉，而且今天他的穿着、一路过来的表现都显得有些不同寻常的样子，便道："等我这个吃完……哎，晓生，你今天和往常有些不一样哎。"

易晓生心中惦记着等会用什么理由让她和自己回去小坐一会儿，如果小坐一会儿的邀请成功，那要怎么要用什么理由送她玫瑰花呢？如果她问自己为什么不是红玫瑰而是白玫瑰，他的回答是"因为白玫瑰代表纯洁"还是"因为你很白痴啊，不觉得白玫瑰更衬托你吗"更信服一点呢？想到这里他的思维就开始短路，内心有点紧张纠结，听见叶一朵问这话，徒然一惊，故作镇定立即反驳道："没有。"

叶一朵"哦"了一声，随后坏笑地靠近他道："其实刚刚那个女主持挺好看的，你干吗对人家那样凶巴巴的？我允许你为了美女对我不够意思。"

易晓生对她的理论十分无奈，带着愤愤不平的委屈道："上次你念叨我重色轻友，五十三天没有见我，这次怎么就允许我重色轻友啦？"易晓生说完这话，自己的耳根莫名地红了起来，有些不好意思的用手背蹭了蹭他的下巴。

叶一朵本想就女主持的问题上逗他几句，这让她想起上学的时候她帮着女生递情书给易晓生的场景，那时候易晓生总是会当着她的面扔到最近的纸篓里，一脸酷酷的模样好像是谁欠了他钱似的。想到这里叶一朵就忍不住笑出了声，完全没有注意到易晓生不小心说漏嘴的话的深刻含义。她笑起来道："我突然想起头一次去你们大学，你骑车载我，路过一处建筑，我以为是你们的乒乓球室，结果……"

易晓生也笑了起来，叶一朵的思维十分跳跃但他却早就习惯了，他一下子就想起叶一朵说的是哪一次。叶一朵当时所指的那一处建筑，分明就是他们的男女生厕所，当时叶一朵得知了真相不得不感慨，难怪是一所以建筑设计闻名的大学。"你以前最爱吃的砂锅粉丝还真是好吃，不知道现在还有没有卖。"

叶一朵赶紧点头："是吧是吧，你也觉得好吃吧？每次在窗口等的时候，看见砂锅里的汤水嘟嘟嘟的冒泡，我口水都会流出来！”说罢她咽了咽口水，夸张地吸了吸鼻子，感慨道，“我想了想，之所以我后来再没有吃过那种感觉，除了环境外，秘诀肯定在那个砂锅上！肯定的！”

“明天去吧？”易晓生说道。

叶一朵眼睛放光，他们的大学在S市相邻的省会里，车程有四个小时。没想到易晓生有这样直接的建议，她欣喜地答应：“好啊好啊。”大学四年，叶一朵跑易晓生的学校比待在自己母校的时间还长，“你可以去我们的学校里看看，我带你逛逛！”

易晓生点头，好像每次只有顺便车的时候，他才会去她学校，接她回家，他总是在车里打量她的学校模样，他想过无数次她上课听讲的模样、去食堂打饭的模样、和舍友打水的模样……他总是会情不自禁地想起她，一如既往。

繁苍楼的一个特色就是饭后甜品，而提拉米苏则是每天限量供应，叶一朵从小就喜欢吃甜品，且易晓生总能发现哪里甜品好吃，叶一朵想起这些，放下了甜品勺子，环顾了四周一圈道：“你还记得我们第一次来这里吗？”

易晓生喝了一口茶水，笑道：“当然记得。”他记得和她有关的所有事情，任何细节。

叶一朵大二那年暑假，一篇短篇小说获了奖，得了一千块的奖金。鉴于叶母的育儿理念是——“成年了我还允许你住在家里白吃白喝已经是天大的恩赐了，休想再要零花钱”，所以叶一朵的零花钱都是从生活费里省的，也就没有多少，有了这一千块钱自然开心得不得了，她立刻想到了近在咫尺的易晓生。从前易晓生的爸妈从国外带了些什么东西回来，易晓生总会送来给她先挑，她也不是不讲义气的人，所以拿着一叠钱就差仰天大笑出门去了。迫不及待地找到了易晓生，说要请他吃最好吃的提拉米苏作为感谢，但是她不知道哪里有最好吃的，所以她直接默认为最贵的就是最好的，于是易晓生提议了繁苍楼。两人来到了这地方，站在门口，看见低调却一看就知道价值不菲的门槛的时候，叶一朵歪了歪嘴，低声问易晓生："你说，两个提拉米苏他们卖吗？"

易晓生这时候就体现出了比她年长的优势，面无表情地跨了进去，叶一朵想着既然是她自己提议要请客，客人都走进去了，那她更没有缩回去的道理，于是也昂了昂头挺了挺背跟着进了去。

这里的提拉米苏真是S城的一绝，当然，价格自然不菲，用去了奖金的一大半，等到两人出来，她才感慨道："我原本还打算买一件球衣送给程然呢，现在好了，没有钱了，要不我把剩下的钱包个红包给他吧？"

易晓生走在阳光底下，轻描淡写道："我那里有一套新的，是他喜欢的队，你拿去送他吧。"

叶一朵毫不犹豫地答应，顺便又感慨了一声"好兄弟"，她自然不知道那是易晓生用了三个月设计换来的报酬，给自己买的限量版球衣。

想到头一次来这里的种种，叶一朵的身上散发出了久违的活力。关于他们的过去种种，总是有聊不完的话题，再跳跃的片段，总是能对接上，她吃着提拉米苏一不小心将巧克力粉粘在了鼻尖上却毫无察觉，易晓生放下手中的筷子，对她道："别动。"然后起身俯身上前，用大拇指指腹蹭掉了她的鼻尖上巧克力粉，一脸嫌弃道："真笨！"

叶一朵突然想起村上春树在《挪威的森林》中的一段描写，她只觉得自己像是一只春天的小熊，在暖和的草地上打滚。自己的鼻尖好似被狗尾巴草轻轻一蹭，说不出的温柔。她抬眼看了看易晓生，撞上了易晓生的目光，落地玻璃下是车水马龙一城的繁华，她却在易晓生的眼眸里移动不了视线。那样深邃的颜色里，像是可以让人随时沉醉进去不想醒来的颜色。或许，如果，她不曾有过程然，易晓生不曾有过那么多的女朋友，他们有没有可能成为另一种关系，而不仅仅是"好朋友"。她突然很有冲动问易晓生这个问题，他一直比自己聪明，所以他肯定比自己想得更透彻吧。

手机短信的声音突兀地响了起来，一下子打破了两人刚刚暧昧起来的氛围，也打断了叶一朵想要脱口而出的问题，易晓生坐回椅子上，摸出手机看也不看调成了静音，然后道："埋单。"

11

叶一朵和易晓生吃完出来坐电梯的时候，她想起今天是平安夜，这条路上的许多店铺肯定会做活动，于是她将电梯按了一楼，回头对易晓生道："我想去街上逛逛。"

易晓生点头："买。"

电梯里的另一对情侣似乎在吵架中，气氛颇为剑拔弩张，男生拎了好几只购物袋，女生则打扮得精致时髦，听见叶一朵和易晓生的对话，女方激动地说道："你看看，人家男朋友！女朋友要逛街，男朋友的态度！你呢？一副死人脸，日子还要不要过了。"

男人似乎也不甘示弱，怒道："人家男朋友人家男朋友，我还觉得人家女朋友长得好呢！"

话音刚落电梯停了住，女人显然已经怒发冲冠，男人也完全没有安慰的意思，然后女人生气地指着叶一朵的方向道："她哪里比我好看？"男人也毫不示弱地道："就是比你好看！"

叶一朵从女子抬手的手臂下小心翼翼地钻了出来，她担心地回头看了看易晓生，没想到易晓生却落落大方地将她手推了开，然后对着那个男人一本正经道："别乱看。"整了整衣襟走出了电梯，从头至尾一气呵成。

身后传来女人的哭声："你看看你看看，人、家、男、朋、友！"

叶一朵忍不住笑了出来，用胳膊肘捅了捅易晓生道："其实你是觉得你如果不陪我逛街会被我唠叨吧？"

易晓生低头看她，她的长发上闪耀着路灯的光点，认真地回答道："不是。"

叶一朵像是听见什么好笑的笑话一样大笑了起来，随后拍了拍他的肩膀道："我们明天真的去母校哦！"

易晓生晃了晃手机："明早十点，我接你。"

叶一朵心花怒放，推开了一边的店门道："那就有理由买衣服了。"一边满脸兴奋地走进店里。

易晓生哑然失笑，一脸无奈却心里乐开了花跟着她走了进去。

叶一朵挑中了一件衣裳，比画了一下，问易晓生道："好看吗？"

易晓生已经迅速找到了休息的沙发上，点头道："买。"

叶一朵白了他一眼，心想男人逛街是不是都这么没有耐心，都想着用买来解决问题，压根不知道女人逛街的乐趣。于是她乐呵呵地走进了试衣间，换上了之后穿着试衣间里配的高跟鞋美美地走了出来。在易晓生面前晃了一圈，道："我穿着高跟鞋是不是特有范儿？女神的那种？"说罢还摆了个 pose，冲易晓生抛了个媚眼。

易晓生忍不住道：“好好的，翻什么白眼。”

叶一朵埋怨了易晓生两句，转身继续照镜子。店内随处可见落地的试装镜，将试衣服的姑娘们似乎照得更好看起来，这样的落地镜子也照到了店外的景象，就在叶一朵转过身，和易晓生同一个方向审视着镜中的景象的时候，他们都愣住了。一瞬间，叶一朵只能听见自己均匀的呼吸，周围的人都变成了定格的点向四周幻化而去，只有镜子里反衬的那个人越来越清晰。

镜子里反衬出街道上的人，车水马龙的街道上，他穿着厚厚的羽绒服，温暖的眉眼依旧，他似乎也看见了店内的镜子里的人，他停下了脚步，向着镜子的那一面转了方向，似乎有些有些不可置信，他的身旁走近一个穿着高跟鞋的女孩子，双手握着两杯奶茶，踮起脚将右手的奶茶递给他，这样的情景太熟悉不过，叶一朵连眼睛都不敢眨，她想掐自己一下，却浑身僵硬。

是的，程然，他就在自己眼前的穿衣镜里面。

易晓生站起身的同时，叶一朵转过了身来，她与程然只隔着一扇喷着圣诞树窗花的橱窗，喜庆得不像话。直到现在，她的心和身体终于同步，她脑海中掠过一系列的可能性：推门而出上前就是啪啪两个巴掌；推门而出将他一把抱住号啕大哭；推门而出将那女的手中的奶茶泼在他脸上；……最终，她选择拿起了自己的包，从连接商场的那个门飞奔而出。

落荒而逃，是她和这位不告而别的前男友重逢后的本能选择。

销售小姐在后头喊道："小姐，您钱还没有付呢！"

易晓生取出卡，不但刷了她身上的那一件衣服，还刷了她穿走的高跟鞋，导购小姐打趣道："还头一回见到这样和自己男朋友要衣服的呢。"

易晓生不耐烦道："我乐意。"

他看着叶一朵离去的方向，心底里升起一股难以名状的落寞，如同这无孔不入的圣诞氛围一般。

S城的雪越来越大，叶一朵身边尽是为此欢呼雀跃的情侣，老天作美成全了这么多人的圣诞情节，却搞砸了她即将走出来的心境，如从天而降的巨石将她砸得粉碎。

叶一朵想回家，但是站在路边上，发现经过自己的没有一辆空车，又折回地铁，她跑得飞快，她买到了地铁票，刷票进入地铁，此时的地铁人头攒动，她被挤在人群里，有情侣的打情骂俏，有小孩子的哭声……周围嘈杂的声音将她淹没，她却觉得安全无比。她被挤进了地铁里，然后她呆呆地站在了角落，等到了终点站，她才发现自己坐过了站，她赶快下了车，跳上对面的地铁，防止再次坐过站，她就仰着头一直看着，眼睛都不敢眨，等到了站她便第一个冲了出去，然后快速往家里跑去，她的高跟鞋不知道什么时候掉了一只，等到发现的时候她索性脱掉了另一只，然后快速地往家里走。她希望能快点走回家，然后写稿子，或者打扫屋子，或者去跑步……做什么都行，就是不要让自己停下来，她害怕自己停下来，害怕自己会回忆起刚刚的那一幕，她不觉得自己有足够的力量支撑起刚刚的那一幕，她分明竭尽全力将他锁在了心里的最底最底层，但是他跳出来却是那样的易如反掌。

帮叶一朵付完钱的易晓生，一转身发现门外的程然已经不见，而叶一朵早已经没有了踪影，路上飘来的雪花落在他微微发红的脸颊上，一碰即化。他想起她不大认识路，此刻一定失魂落魄，他担心的只有她的安全，那种尚未退去的落寞感他也来不及笑话，他在商场里来回走了好几遍，也没有寻着他的叶一朵，他一边掏出手机，一边对着人头攒动的大街上漫无方向地喊了两声“小朵”，意料之中地迅速被欢乐吵闹的人声淹没，毫无回应。他打了四五个也没有人接，刚想再打，残留的理智告诉他，叶一朵的手机电量未必够，如果她想起来打电话但是电话却被自己打到没电，再遇到坏人，后果不堪设想。于是他迅速做出了判断，开了车就往家里去，向叶母通个气说和叶一朵走散了，然后再做打算。

叶母显然比他镇定许多，宽慰道：“走失了就走失了，S市是法治城市，不用担心。”

易晓生将车停在自家车库的时候，一探出头见一个人影正在自家门口坐着，赶紧跳下车来，往门口走去。

门口站着的女人听见动静便站起了声，她身边是一只登机箱，穿着牛仔裤和牛角大衣，戴着一副黑框眼镜，短发，打量了一眼易晓生，用充满质疑的口气道："看样子你并没有看见我的短信。你母亲说，看见我就像看见了女版的你，你如此慌张，显然是为了一个女人，还在充满商业气息的晚上出去消费，我有些怀疑你母亲的判断。唉，加入了感情的判断，永远是人类的一大弱点。"

易晓生从车里出来，一手提着叶一朵的鞋子，胳膊弯里挂着叶一朵的衣服，因为不知如何向叶母解释所以只好先带回自己家，此刻的样子颇有些狼狈，也难怪对面的女孩会这么讲，但是此刻易晓生心烦意乱，懒得与她辩解，通过刚刚她的那一番理论，大概知道这个便是之前母亲大人口中没有找到地方住的姑娘，他冲她点点头，然后开了门，走了进去。

那女人倒是不认生，跟在易晓生后面换了鞋，转身对易晓生伸出了手道："王晓鸽，斯坦福社会学专业，打扰了。"

易晓生看了一眼她伸过来的手，并没有要握的意思，直言道："住多久？"

"一个月。"王晓鸽耸耸肩收回手，然后用面纸擦了擦行李箱的轮子，问道，"我房间在哪儿？"

易晓生看了看楼上，显然不愿意和她多做交流，所以干脆一股脑儿都交代了个清楚："楼上左转第一间。"顿了顿道，"不要用我的书房，楼上洗手间的龙头坏了，要洗澡用楼下的这间。"王晓鸽转头嗯了一声，正要上楼，易晓生又补充了一句，“一周后，国内的圣诞热会退，你可以订到房间。”

王晓鸽停住上楼梯的步伐，道：“一周后圣诞热会退，但是迎来的是元旦跨年热，虽然我也不乐意，但是很遗憾，我不得不住在这里。”

易晓生头一次有点哑口无言，等他从王晓鸽给自己添的堵里反应过来，又连忙拿出手机，发了短信给叶一朵：“我已到家，你的衣服和鞋子在我这里，没有告诉你妈，你到我这里换了鞋子，再回去。如果需要我接你，告诉我。”

等他发完这条短信，王晓鸽竟然神不知鬼不觉地站在了他的面前，她带着似乎是与生俱来的学者气息，推了推眼镜问道：“和你女朋友不欢而散啦？从社会学的角度来说……”

易晓生不耐烦地侧脸看了看她：“关你什么事？”

王晓鸽并不在意他的不耐烦，一手拿着自己的毛巾，一边问：“家里的衣物消毒柜在哪里？”

易晓生指了指不远处的洗手间方向。

王晓鸽满意地点了点头：“从你家的整洁程度和设备上来看，我们还是很相似。阿姨也没有说错。”

易晓生有些无语地转头瞪了一眼王晓鸽，一边不停地刷新着手机，收件箱里的短信除了商家们的祝贺短信，也只有这个王晓鸥了，一看时间更是郁闷，正是刚刚在和叶一朵用餐的时间段发来的，他不耐烦地换了个位置。虽然还有百分之五十的电量，他还是插上了充电器，然后将震动启动，又将声音调到了最大，一眨不眨地看着手机。

十分钟之后，易晓生觉得好像过了十年一般，他倏地从沙发上站直了身子，觉得干等不是办法，准备出去找她，门铃声却响了起来，他松了一口气，急忙去开门，映入眼帘的是程然的脸。

12

程然的肩膀上有一些积雪，他比从前似乎憔悴了一些，两人对视了三秒后，程然先笑了起来：“哎！不欢迎我进去？”

易晓生侧身让程然走了进来，程然轻车熟路地找到了鞋套套上，一边道：“朵朵呢？没有跟你一起回来吗？”他的口气里，完全听不出大半年的消失，就好像从前他去叶一朵家前会来自己家坐一坐，扯几句聊聊，这让易晓生莫名有些不大舒服。

易晓生带上门，走到了手机旁看了看，发现仍旧没有她的消息。

“你们今天是在约会吗？”程然开门见山地问道。

易晓生看着程然没有答话，程然这次回来也没有告诉过他，在惊讶的程度上他并不比叶一朵少。从前他可以自然和程然谈论起叶一朵的话题，但是现在，他却觉得浑身不自在。

“你如果喜欢她，帮我好好照顾她。”程然继续道，似乎没有发觉易晓生的异常。

易晓生听见这话，有些吃惊地抬起头看着程然，带着和朋友间难有的较真儿道：“她不是什么物品，可以给人托管。”

程然不自然地笑了笑，挠了挠头，就在他开口的时候，易晓生未关紧的门被推了开来，程然加快语速说的话，一字不漏地落入了门口悄无声息站着的人耳里——“我并不是不想告诉她我要走的事情，你知道她喜欢我依赖我，我也曾经那样喜欢她，但是男人是需要事业为重的，我可以等事业有成了再回来找她，我相信她还是会回到我身边……”

易晓生抬眼看了看程然，倏地起身，一把抓住程然的衣襟挥了一拳上去道：“她凭什么等你！”

这一拳让易晓生和程然都冷静了下来，被打倒在地板上的程然擦了擦嘴角，目光定在了门口的叶一朵身上，吃惊道：“朵朵？”

易晓生一回头，愕然看见玄关处站着的叶一朵。

这是叶一朵见过的最失态的易晓生，从来是风度翩翩，喜怒不形于色的易晓生竟然会动手打人，这是多么不可思议的事情。叶一朵自然没有想到会见到这样的画面听见这样的话，她至今才明白，原来自己视若珍宝的爱对于程然来说是以爱之名的枷锁，她的心里似乎被生锈的钝刀割了割，而她却对此情此景说不出任何评价来，然而比起这些，她觉得更伤心的是，易晓生分明知道程然回国，却依旧没有告诉自己，自己在他的心里，竟然比不过程然，她突然觉得很绝望，她一直很不敢深想和易晓生的关系，就在刚刚的餐厅里，她竟然还很天真地想问易晓生那样的问题，现在想来真是荒唐可笑，自己何德何能能与这样一位天才学霸平等相处呢？她不过是一个小小的写手，每天嚷嚷着作家梦，张牙舞爪分外可怜。

叶一朵的声音如同一潭死水："晓生，我的鞋和衣服呢？"

易晓生抬手蹭了蹭下巴，将沙发上的衣服和鞋子拿了过去，他这才发现叶一朵是光着脚来的，抬头便骂道："鞋呢？你怎么总是这么蠢？"

叶一朵这才感觉到脚下的疼痛和寒冷，她用左脚的脚底蹭了蹭右脚的脚背，一脸平静地解释道："我鞋子丢了。"她想以后，她一定要和易晓生保持距离，他们原本就不是一个世界的人。

易晓生将她的脚抬了起来，顺势给她穿上之前的鞋子，等到穿好后，他才直起身道："我送你回家。"

叶一朵看了看易晓生，冷漠地摇了摇头："我自己回去。"她的目光始终没有落在程然身上，安静地转身，走向门外。

"朵朵！"程然与易晓生擦肩而去，他追了出去，在雪花中，他的身影那么突兀。

叶一朵停了下来，看见了追上来的程然，出人意料地，她并没有走向程然，而是走过程然的身边，走向了易晓生的方向，玄关处的易晓生有些吃惊又有些欣喜，他甚至忘记了快走几步来迎接她。

叶一朵走到了玄关处，刚要说话，便看见了客厅里出现了一个湿漉漉头发裹着浴巾的女人，她一眼看见了那个女人穿着自己的专属拖鞋，那个女人一边擦头发一边道："易晓生我建议你买一个浴缸，可以增加幸福感……"

易晓生的舌头舔了舔智齿，带着恶狠狠的目光缓缓地转了过去，道："穿好衣服，到房间去。"

王晓鸽先是对着门口站着的女人，探出半边身子好奇地看了看，随后走近易晓生，道："从操作性上来说，我必须先回到房间，然后才能穿好衣服。"

易晓生深吸了一口气，闭上眼睛吐了一个字道："滚。"

叶一朵的目光死死盯着王晓鸽粉色拖鞋上，她觉得粉色有些刺眼，但是她自然而然地推断出这位肯定是易晓生不声不响地新交的女朋友，她缓缓地从包里取出那本《建筑学概论》递给易晓生道："上次你落在我家了，忘记还给你。"

易晓生僵硬地接过叶一朵塞在他手里的这本书，他将书丢在鞋架上想拉住叶一朵，那本书却滑落了下来，他曾经假装不经意塞进去的美容、美发、美甲的卡悉数掉了下来，而叶一朵已经转过身去，并没有看见这一幕。玄关处呆呆地站着易晓生，以及那散落一地的卡。他清晰地看见，叶一朵走近程然的时候，程然快步迎了上去，抓住了她的手臂，然后一把握住了叶一朵的手，叶一朵最终还是停住了脚步。

这样的场景他见过很多次，从前他有些嫉妒，但是他告诉自己，君子成人之美，但是这一次，他分明已经进入了赛道上，但是却眼睁睁地只差了那么一步，就那么一小步，失之千里。

易晓生颓然地关上门，无力地靠着门背滑落坐了下来。他目光所及的壁橱旁是被遮盖住的圣诞树，尽管华美浪漫，却在属于它的节日里黯然失色，如同他对她的爱，小心翼翼到无人发觉。

屋外大雪纷飞。

chapter 4

小王子有他独一无二的玫瑰

当晨曦染红了大海时，我想起了你；
当月夜穿透了流泉时，我又想起了你。
每当遥远的路上，扬起来沙尘，我看到了你；
深沉的夜里，流浪者在歧路上忧虑时，我也看到了你。
浪起来了，在深沉的涛声里，我听到了你；
万籁俱静，在我常去倾听大自然的幽林中，我也听到了你。
我就在你的身旁，尽管你似乎在那遥远之处。

《爱在身边》——歌德（德）

愿你杯中水常温，愿你伤心有人吻，愿你身边常伴心上人。

13

叶一朵躺在床上的时候，瞪大眼睛盯着头顶的天花板，她眼前挥之不去的不是程然迟来的牵手，竟然是那双穿在别人女人脚上的粉色拖鞋，她的气愤、失落甚至是伤心夹杂在一起。她从暖和的被窝里伸出手，摸了摸自己的脸颊，努力回忆几个小时前的状况，她依稀记得程然的话：“我知道我不该一声不吭地离开，但是朵朵，我是一个男人，理当有自己的事业，而不是沉浸在儿女情长里。正因为我喜欢你，在乎你，才最害怕和你告别。”

叶一朵翻了个身坐了起来，屋外的风呼呼作响，她有些迷茫起来，如果今天遇不见程然，没有那万分之一的转身，又会如何呢？他还会抱着自己，还会对自己做那样一番解释吗？……叶一朵揉了揉太阳穴，突然明白，这大半年来，她努力将自己的世界打扫干净，实际上，在程然的世界里，她早就已经退场。爱到深处，女人必不可免的会要一个等价交换，会期望自己付出的爱能获得同样的回报，甚至，更多的，否则便有了许许多多的不甘心不情愿。然而，等价交换的感情，只有相亲。没有人不计较自己的付出的感情，好在，程然当年的离开，不是因为出轨、不是因为感情的背叛……想到这里，叶一朵突然释然了，黑暗中，她突然心酸地叹了一口气，或许程然对自己的爱的表达是另一种方式，不能因为他的不辞而别否定了他的全部。她想其实与程然的重逢，到与程然拥抱，都是那样的猝不及防，在这一场爱情里，她一直出于被动的位置，而现在她将短短的几个小时的事情又反复地联想了一遍。叶一朵记得在易晓生门外听见程然说的那番话，她明白爱情关系里，有任何一方觉得对方投入的感情成为了一种压力的时候，即使维持男女朋友的关系，分开也是或迟或早的事情。

叶一朵从床上下来，去楼下倒了一杯水，站在厨房的窗户边上，莫名地想起每次易晓生爬水管到自己的书房，都应该是这个位置吧，想到这里她又探身往上头瞧了瞧，站正身子后，她脑海中满是穿着那双粉色拖鞋的脚，挥之不去，并且她想着那个女人住在易晓生家里，一定会吃自己的零食，一定会用自己的水杯，还会坐在自己最喜欢坐的阳台飘窗的位置。分明交往了女朋友为什么平安夜还要出来和自己过？怪不得老大妈让他买花他那样斩钉截铁地不愿意买。她再次为这些事情感到无尽的焦躁不安和心酸。但是他为什么不明白地告诉自己？从前他总是会大大方方地说，这一次为什么要藏着掖着？叶一朵满脑子都想着易晓生和那个女人之间的故事，想到那个女人洗了澡出来，那样自然和易晓生建议家里买个浴缸？想到这里她使劲拍了拍水龙头道："浴你个大头鬼的缸！"越想越觉得气愤，甚至有种酸楚。从前她并不觉得易晓生谈女朋友自己会有这样的心路历程，相反她总是会时不时地问他要不要带她出来吃饭什么的，她那样落落大方怎么易晓生这一次就瞒着自己呢？难道因为自己还是单身，所以易晓生其实是害怕自己脱单会伤害到自己？很快她又苦笑地摇了摇头，她站在门外想到的情形才是自己内心深处最不敢面对的，而通常最不敢面对的才是最真实的，什么怕自己单身所以瞒着自己，简直可笑！分明就是两个世界的人，懒得告之自己罢了。

叶一朵看着积雪的窗棂，不管易晓生和他的女朋友怎么样，但是她此刻需要的是处理好自己和程然，尽管在程然的那一方，似乎早就处理完了和自己的感情，她从家居服的衣兜里取出了手机，准备给程然发一个短信。手机的页面已然显示了程然的信息，约她明天下午见面。她想了想，回复了一个字：好。

叶一朵想起易晓生和自己说过的话——"失败了，要靠自己走出来"，在这样夜深人静的夜晚，这句话的力量那样强大，她心底里知道这话是对的。一个拥抱并不能解决问题，也代表不了什么，而她其实比自己想象的要勇敢，她和程然之间，的确应当正面地聊一聊，谁都不该逃避。她站在黑暗中，一切都是那样的悄无声息，似乎连她自己都可以融化在这样飘雪的夜里。

易晓生洗完澡回自己房间关门的一刹那，无比冷静和较真儿的声音传来："从一个女人的角度，加上斯坦福人类社会学的专业，你不想找我聊一聊吗？"

易晓生冷冷看了看一眼王晓鸥，他的浴巾搭在肩膀上，回绝道："你只是一个社会学的学生，你的种种行为，只是在性别上是一个女人。"说罢就要关门。

王晓鸥并不生气，她走近房门，一手挡住了即将合上的门，道："最近我研究的一个课题，通俗说来就是完全不同心性的两人走在一起的桥梁是什么？"见易晓生并未阻止他进来，便将房门打开，然后靠在门口道，"我没有进你的房间，我只想跟你聊一聊。你的情况，让我很感兴趣。"

易晓生擦干头发身上的水滴，走向卧室一角的沙发旁，没有点灯的卧室里，屋外的光照不到这个角落，所以他的身影像是被黑暗吞没了一般。

"我看见了楼下壁炉旁的圣诞树、圣诞树下的白玫瑰，放心，我没有碰它们，我用布将它们还是盖好了，这些东西与你的风格大相径庭。其实我今天一早就洗好澡了，只是听见客厅有男人的声音，觉得出来不大方便。因此我等到你们打……说完，我才出来，但是没有想到你的……心上人又会折回来。从旁观者角度看，我并没有给你添乱，帮你挽回了一城，不是吗？”王晓鸽没有走进房间的意思，她说话的时候面部表情很少，两人之间隔着一整个房间，微弱的壁灯点亮他们之间的距离，他们却各自站在黑暗中。

“你喜欢她多久啦？”王晓鸥问道，没有好奇的八卦语气，像是实验中的抽样调查。

易晓生的喉咙滚动了一下，缓缓开口道：“很多年了。”

王晓鸥点头，并没有追问，而是分析道：“你没有去计算过自己喜欢她多久了，有两种可能，一种时间的确太长了；还有一种，介于你年不过三十，就算很多年也是数得过来的年数，只是你在回避，你不愿意去想你到底错过了她多久。而这两种可能性，不是排他组合，是并列的。就像你今天关上门，自己坐在门背后，你害怕被拒绝，因为你一直成功，所以先她一步自己拒绝自己。”

易晓生睁开眼睛，反驳道：“你怎么知道我一直成功？”

“因为我从小也一直成功，这事情如果发生在我身上，我的选择会和你一样。”王晓鸥说起有关自己的事情，并不带着情绪，像是在做一条论述题般冷静理智，“人类分为两种，一种是认清自己的，一种是尚未认清自己的。很幸运，我们都是前者，了解自己的优点和缺点。在面对缺点的时候，有人选择自欺欺人，有人选择避之不及，有人选择自暴自弃，告诉我，易晓生，你是哪一种？”

易晓生情不自禁地抬起手背蹭了蹭下巴，他冷冷道：“我要睡了。”

王晓鸥并没有因为逐客令而离开，她杵在门口，学着易晓生的动作道：“用手背蹭下巴，是你的习惯动作。人类在面对一些突发状况的时候，总会用一些小动作来平复、掩盖或者调整自己的心绪。你这样的情况，和我的研究方向不谋而合。易先生，如果你愿意，给你自己也给我一个机会，看看你的世界。”这样的话在这样的夜晚，分明可以说出百转千回的暧昧情愫，但是从王晓鸥的口气里，却可以听出一种“我要开始解剖了，请你配合”的味道。

易晓生从角落的沙发站了起来，他走向门口，身影由暗逐渐变亮，然后又变暗，走到了王晓鸥的面前，一手搭在门边，道：“你真的很烦。”

王晓鸥往后退了一步，双手微开对着他，耸耸肩膀道：“人类的很多交谈里，会存在近乎百分之七十八不必要的废话，这浪费了很多时间，我和你这样直入主题的交涉，这是基于对你智商和性格的肯定和尊重基础上，我认为双方都省事。让我看看你的世界，不，只需要你和她的世界的那部分，我并无非分之想。”

易晓生关门的动作迟疑了一下，然后道：“不行。”

这么多年了，他从来没有向其他人打开过有关她的世界，一直以来他都觉得这是他的私有领地，他自己内心深处明白，在这个世界里，他的孤独如同生活在一只只有自己星球的小王子。

叶一朵醒来的时候，时钟刚刚过了五点，分明近乎彻夜未眠，她却精神焕发，带上棒球帽出去跑步的时候感觉自己身体内部的所有角落都被打满了兴奋剂，她觉得自己今天必须做一个了断，她糊里糊涂地过了这么久，这一次，她终于迎来了最清醒最理智的时候。跑完了回到家里，她痛痛快快地冲了一个澡，然后打算出去吃个早饭，她自然地翻出了易晓生的电话，正要喊上他的时候，她抬头看了看灰暗的天空，想起他和他的女朋友应该共度了良宵，肯定没有起床，而且她昨天夜里，已经在心里下定决心要和他划清界限了，她取消了他的号码，然后叫了一辆出租车。叶一朵毕业后一直没有学车，一来用叶母的话是“你的收入买得起每个月的油吗”，最重要的是，易晓生自从学了车之后，她每每要去哪里易晓生总是会顺路或者被她啰唆得没有办法载她去，想到这里她又自己笑了起来，易晓生真是笨啊，如果不想载自己完全可以用钱打发自己去出租车啊。

车子停在了叶一朵最喜欢吃早餐的一家粤菜馆，她从前也喜欢吃早餐，一天三顿里早餐吃的最多，毕业后日夜颠倒常常一觉睡到中午，后来还是因为林华的关系，将她的这个好习惯又唤醒了。看见满桌的点心，叶一朵的味蕾全然苏醒，开动后让服务员都有些侧目。

等到叶一朵回到家里的时候，叶母刚刚起床，她抬头看了看时钟，时钟上显示是七点半，冬天的天本就亮的晚，加之天气不大好，所以外头灰灰的，完全没有一点清晨的样子，叶母讶异地看了看叶一朵，自然而然地问道：“和小易去吃早餐啦？”

叶一朵一边往房间里去一边道：“他有女朋友了，以后我们划清界限！”说罢有些生气地觉得老太太一大早就找不痛快是个什么套路，坐在梳妆台前又有些莫名地心酸，她将头发用发带全部捋了起来，当她用粉底液准备打底的时候，脑海中又浮现出了易晓生跟她说过的那句话“失败了，要靠自己走出来”，她觉得自己像个女斗士，如果真的要割肉放血，横竖躲不过，不如早死早超生，想到这里她赶紧摇了摇头，心想自己怎么也是个写言情小说的，怎么能将这样的心情想象得如此赤裸裸毫无美感呢？

在叶一朵完全化妆打扮完，时钟敲了九下，她深呼吸了一下，拨通了程然的电话，电话响了几声才被接起来，声音带着刚刚苏醒的沙哑，有些吃惊：“朵朵？”

“如果你方便的话，我想早点和你见一面。”

程然似乎并不意外，他的声音里带着笑意：“好，没问题。”

“我现在就出来，我家小区门口的便利店。”

程然打趣道：“你的现在就出来一般都是二十分钟到一个

小时，给我留的时间足够，我马上就到。”

叶一朵挂了电话，她看着渐渐黑掉的手机屏幕愣愣出神，这样的对话让她有一种错觉，好像一切都没有变过，没有他的不辞而别，也没有他的缺席半年，好像是个再普通不过得早晨，她美美地打扮要赴程然的约。

坐在便利店临窗的位置上，叶一朵给程然买了一杯豆浆，程然到的时候，有些吃惊地打趣道：“还是国内的豆浆好喝啊。”

“国内”两个字简单粗暴地让他们面对了现实，灰暗的天气如同他们苟延残喘的感情。

叶一朵听见程然喝豆浆的声音，这让她想起从前上学的时候，程然打完篮球，她总是会满心甜蜜地给他递上水，那时候周遭再嘈杂，她都可以清晰地听见程然喝水的声音，很多当时很碎碎的事情，甚至都不能称之为事情的细节，在这一刻杂乱无序地扑面而来，可是任何感情，一旦加上曾经，都意味着你必须放下。

“程然……”

听见叶一朵的声音，程然呛了几声，有些心虚地应道：“哎。”

“程然，你是想给我道歉的吗？”叶一朵看着窗外走过的人群，路人们中没有一个人搭理他们的，大家匆匆而过，忙碌着各自的人生。

程然平复了情绪，然后道："朵朵，我……"

"你的确欠我一个对不起，程然。"叶一朵的眼睛目不转睛地看着落地窗外，她说话的时候，没有侧视过程然一眼，"但是已经不需要了。"她的语气中没有赌气和欲拒还迎的女生常用伎俩，她说得很坦然，"程然，我想我要的是一个堂堂正正的了断。"她终于敢侧过身来，直视眼前的这位，给她的青春留下了浓墨重彩一笔的男人，她为了能正视他，只是这样平静的、普通的一眼，她暴过走、暴过食甚至还相过亲，她逃避过、封闭过、想过从旁人那里获得力量过，但是这些她只字未提，她无须讲述给他听，因为失败了是自己的事情，走出来也是自己的事情，她能理智地同他讲话，一切已经足够。

她清楚地意识到，这段感情真的已经走到了尽头，再枉然也都是曾经了，她和程然，谁都不在原地了，谁也无法修复。在她落荒而逃的时候，在她彻夜难眠的时候，她从来没有想过那个穿着高跟鞋的女孩子和程然是什么样的关系，她握紧拳头想要的，不过是一份堂堂正正的分手。

"程然，你的不告而别就注定了我们无法破镜重圆，或许你对我残留的感情会让你有复合的期望，但是你比我更清楚，雪一化，年一过，春天来了，你仍旧会迫不及待地飞往美国，继续深造。坦白说，你想过以后怎么办吗？"叶一朵的语气出奇的平静，没有大哭大闹，也没有梨花带雨。

程然没有说话。

叶一朵低头看了看刚涂的手指甲，苦笑道：“我也没有，程然。”她打扮得美美的，只是为了给自己、给这段自己全身心付出的感情一个交代。

程然听见这些话有些吃惊，然后尴尬地挤出了一丝笑容，捏了捏已经喝光了豆浆的纸杯。

“有些过去，对我很珍贵，等到我完全能放下的时候，会好好回忆它们。”叶一朵仰头深吸了一口气，“所以，这样的交代，需要有一个正式的分手。没有谁甩了谁，没有谁对不起谁，我只是想有始有终，对你对我。”叶一朵低下头，那种伤感和遗憾的无力感扑面而来，布满了她身体的每一寸。

程然从凳子上下来，靠近了一步，然后将叶一朵的头靠在了自己的肩膀上，他揉了揉的长发，许久许久，他说：“谢谢，朵朵，谢谢，你比我勇敢。”

便利店外的天虽已大亮但仍旧是略阴沉的天，足以让外头的人清晰地看见玻璃内相拥的男女。一早出来买早餐的易晓生，怎么也没有想到会见到这样的一幕，分明没有阳光，他却觉得格外刺眼，他们的复合近在咫尺，短短的十个小时内，他见证了两次，一种莫名的烦躁和心酸涌上心头，百转千回不得散去。他抬起右手蹭了蹭下巴，转身往回走，他与人潮逆流而行，孤单得分外醒目。

和程然做了这样的了断是叶一朵所能接受的，没有歇斯底里，没有相互指摘，有始有终是她最后的作为，或许没有办法现在就完全放下这段感情，但这样的告别也不枉五年的感情。

临走时，程然还是叫住了叶一朵，他带着无比的愧意和不舍道：“那是你人生中很美的时光，对我来说也是，朵朵，两年后我会回国，到时候我会做一个男人应该做的事，我不会再像之前那样混蛋了。”他的目光里满是真诚，想了想补充道。“昨天那个姑娘是家长安排的相……”

叶一朵笑着打断他道：“程然，你无须向我解释。”她推门之际还是停留了一下，“两年后，我不知道我还有没有档期。”说到这里，叶一朵想起了那次在易晓生面前大放厥词，称自己为“烫手山芋”时，易晓生的表情，忍不住又笑了笑。推门而出，只有汹涌的人群，那个蹭着下巴离开的身影，早已经不见踪影。

程然没有追上来，叶一朵也没有站在不远处等他，或许他们都明白，没有未来的当下对谁都是徒然。

叶一朵往家里走的时候，站在分岔路口愣了愣，从前她会习惯性都从右边的路回家，那条路会经过易晓生的家，有时候她会顺道进去蹭点吃的，易晓生的家里总是有吃不完的零食，还都是她喜欢吃的，所以叶一朵总是感慨兄弟也不是平白无故的，毕竟他们喜欢吃的零食品种和口味都一样。

但是今天，她站在岔路口好久，她很担心这个点会遇到易晓生和他的女朋友，一想到他的女朋友，她脑海中又浮现出了那双粉色的拖鞋，于是她有些赌气地从左边那条路往家里走去。从左边的这条路到家还近一些，但是等叶一朵站在家门口外头的时候，她还是忍不住往易晓生家的方向瞅了瞅又瞅了瞅，她对那位穿着自己拖鞋的女人充满了好奇，脚步情不自禁地往那边迈了开去，她有些紧张，没有哪次去易晓生家里她带着此刻做贼般的心情。虽然她刚刚决定要和易晓生划清界限，但是她忍不住想要告诉他自己的“勇敢”，她习惯了有好的坏的都与他分享，可是，现在他有女朋友了，并且他的女朋友还登堂入室住在他家里了，这可是她遇到过的头一遭，她的顾忌实在是太多了。

易晓生门外并没有动静，她站在对接张望了一下，好像屋里头也没有动静，踟蹰着要不要去敲门打个招呼的时候，一边车位里的易晓生的车子启动了起来，然后叶一朵眼睁睁地看着易晓生开车，而那个“粉色拖鞋小姐”坐在副驾驶上正吃着早点，并没有注意到她。叶一朵看着缓缓靠近自己的车，往后退了一步让出道来，但是这辆车并没有停下的意思，叶一朵看见车内的易晓生目视前方全神贯注，他似乎没有看见自己，她想叫他一声，却发不出声音，所以她只是僵硬地站在那里，看见易晓生从身边经过的时候，抬起了手蹭了蹭下巴，然后渐行渐远，拐了弯，没有了踪影。

叶一朵抬起手腕看了看表，十点了，他们昨天约了一起回母校看看，现在自然是已经不作数的了。

14

易晓生那天在车里看见了只身回来的叶一朵，看见她在自己家门口踮脚张望，多少次他看见这样的她，都会假装很巧地打开窗户说：“买了薯片要不要吃？”叶一朵总会欢天喜地地回应一句“打劫打劫，快开门快开门”。

易晓生家里总会备着叶一朵喜欢吃的那些零食，他有时候看着叶一朵津津有味吃东西的样子想家养的宠物恐怕也不过如此了吧。

车子出了小区，刚到的杜可便钻了进来，看见了副驾驶的陌生女人，愣了愣，然后对易晓生道：“是你妹妹吗？”

王晓鸥有些不解，转过头来道：“正常人不应该猜测我是他女朋友吗？”

杜可也不解释，继续自己的话题道：“不是你妹妹。”然后停了两三秒，微微吃惊道，“令堂够狠的呀，这都把相亲的女人招呼到家里了啊，啧啧，我以为我妈已经够狠的了，真是山外青山楼外楼……”

王晓鸥也不对他完全忽视自己的情况生气，对他的如此之快的推论表示了欣赏，立刻判断是同道中人，于是侧身过去，伸出手道：“王晓鸥，昨天刚到，借住了一晚，听见他在电话里约你去学校，我便跟着出来了，我是学社会学的，细分领域是人群关系，对他这样的现象，我很好奇。”

杜可点点头，对这样开门见山直切要害，十分有重点的交流十分满意，继续道：“还好是个对你没有意思的。昨天晚上的圣诞树给叶一朵看了吗？”

一直在开车没有说话的易晓生听见这话，面色变得更冷了，没有答话。

杜可立即读出了这沉默背后的意思，想了想道：“其实我很喜欢你买的那个圣诞装饰品的，那个银色的铃铛，回头你送给我吧，我想挂在实验室的门上。”

王晓鸥插话道：“实验室门上挂这样的东西，不觉得碍事吗？”

杜可满脸不屑：“你懂什么叫作生活情趣吗？”

王晓鸥有些震惊，想了想感慨道：“真没有想到你是如此有情趣的人。”满脸的真诚和赞美。

杜可反倒有些不好意思，挠了挠头不再说话。

这一沉默，王晓鸥才想起来刚刚出发时候的那一幕，问了身边的易晓生道：“你没有看见你心上人吗？”

易晓生很喜欢“心上人”这样古老而诗意的称呼，他的心若是一个星球，那叶一朵则是星球上唯一的玫瑰花，但是他却清楚地明白，这朵玫瑰花无意于她。他突然答非所问道：“我大四那年用以前的积蓄加上设计的钱，买了第一辆车，为的是能‘顺便’接她放假回家。”

杜可有些生气道："原来你是为了接她，我每次让你捎我一程，你不是都说你没有空儿吗？"

易晓生一本正经地解释道："因为要接她，所以我当然没有空儿。"

杜可一拍脑门，恍然大悟："你的没有空是去接女人，我还以为你要做设计。"他的世界里，好似没有空就直接等同于了做设计。

王晓鸥没有说话，默默地记在了本子上。

易晓生无语地瞥了一眼她的笔记本，摇摇头问道："你在做什么？"

王晓鸥停下笔，一本正经地问道："小时候，你家长带你去看过医生吗？比如自闭症什么的？"

易晓生有些吃惊："这你也知道？"

王晓鸥冷笑："这很难吗？"

杜可补充道："的确蛮难的，我和他一起这么久，从来不知道他被家人带去看过医生啊。"

易晓生答话，继续安心地开车。

"我小时候也被带去看过，在很多亲戚看来，一个女生小学三年级就会解函数题而不会为了裙子哭闹，是多么可怕的事情。我不愿意和同龄人交流，因为觉得他们太蠢，我想我们这一类人可以统称为'智商歧视症候群'的。"王晓鸥不带任何优越感一脸平静地说着。

易晓生被这个“智商歧视症候群”的说法逗乐了，笑着摇摇头：“你可没有你说的那么自闭，我也没有、杜可也没有。”

杜可连连补充道：“当我发现周围的人和我不一样的时候，我觉得那是周围人的问题。”

王晓鸥耸了耸肩膀，无辜地说道：“我也想和人类做朋友，太高高在上使得我这些年来曲高和寡，有些不近人情。”

杜可忍不住笑出声来：“那得到了人类的喜欢了吗？别做梦了，人类生来就是愚蠢的，而我们不需要比我们笨的人来认可我们。”

王晓鸥严肃地摇了摇头：“很遗憾，他们并没有喜欢我。不过你的理论我很喜欢。”她又对易晓生问道，“你为什么会看上她。”

易晓生听这些对话，突然想起哈利·波特里形容人类的那个词“麻瓜”，罕有的耐心解释道：“你也许会喜欢和你同类的人，因为他的身上有和你类似的特质，而我却喜欢自己身上没有的东西。”

王晓鸥认真地记录下来，边道：“黑得漂亮。”

杜可一听这话，由衷地赞美道：“你很非主流，这些俚语都会。”

王晓鸥转身看了一眼杜可，笑道：“这是我听过的最好听的赞美，谢谢。”

易晓生一行三人在N市待了两天，第一天易晓生去了自己的母校，这座学校里标志性的喷泉池还在不久前大热的青春片里出场过。理工科的学校尽管两边梧桐林立枯叶凋零，但依旧散发着阳刚之气，杜可忍不住向王晓鸥介绍起自己的校园，王晓鸥忍不住也拍了几张照片，两人就拍摄角度问题又一次展开了讨论。听着他们喋喋不休的声音，易晓生突然有一种错觉，虽然毕业多年，但是叶一朵好像随时可以从哪里钻出来。他走过篮球场，想起叶一朵在这里等程然的情形；他走过图书馆，想起叶一朵在这里帮程然占座的情形；他走过食堂，想起叶一朵帮程然买早饭的情形……第二天易晓生带着杜可和王晓鸥去了叶一朵的学校，他熟悉地记得每一条路，他记得有一次叶一朵腿受伤了不敢告诉程然，他火急火燎地赶来的途中做的事情，就是下了一个她们学校的地图，最短的时间内规划了最快找到她的路线，当时叶一朵对近乎“秒速”出现在自己面前的易晓生目瞪口呆。

他带着杜可和王晓鸥来到了东边的食堂，此刻还是上课时间，食堂内很是空闲。易晓生发现叶一朵最喜欢吃的那家砂锅粉丝还在，而卖砂锅粉丝的大妈还是当年的那位，此刻一边嗑着瓜子一边靠在灶台上看着韩剧，易晓生叫了一声，她抬起头看见易晓生的脸两眼有些放光，听见然后点了三份砂锅，卖砂锅粉丝地老大妈盯着易晓生看了好一会，笑道：“跟你女朋友一起来啊？哦，现在结婚了没有啊？”然后她的目光瞥了一眼不远处正低头记录着什么的王晓鸥，打趣道：“你女朋友现在这么爱学习啊，以前可不是这样。”

易晓生有些吃惊道：“你还记得我？”

砂锅大妈笑道：“怎么不记得啊，小伙子，你女朋友每次都要两份老豆腐嘛，吃完还要吃你的豆腐，大妈说得对不对？”

易晓生愣了愣，然后取出五十块钱道：“那你能不能卖一个砂锅给我？”

大妈一脸笑容僵硬在脸上，无比吃惊地问道：“啥？卖口锅给你？”

易晓生点头：“她喜欢吃你家的砂锅粉丝，以后可能很少有机会来，我想尽量复原你家的砂锅粉丝给她……”

大妈终于醒悟过来，一下子关掉了正在放着韩剧的 iPad，眼含泪光道：“千里迢迢带着你女朋友来，还要买一口锅回去，太感人了，比它感人多了！”说着嫌弃地看了看停止的韩剧画面，从灶台下头拖出一只砂锅道，“大妈送你，不要钱，快悄悄收起来。”说罢看了看四下无人，又翻出报纸裹了起来塞进了塑料袋里，递给易晓生。

简易的煤气灶上放着两只砂锅，里面放着粉丝、豆腐、豆芽、豆皮、牛肉等，在汤水的沸腾中翻滚着诱人的姿态。易晓生恍惚觉得叶一朵就在自己的身旁，对着卖粉丝的大妈说：“阿姨阿姨，我要两份老豆腐，两份噢！”好像在从前上学的时候，什么都没有变，她会可以从他身后钻出来，说些俏皮话，易晓生回头看了看，却发现空无一人，他还是一个人。他的回忆里关于他们的点点滴滴总是形影不离。参天的大树，穿过天际的时光啊，谁能告诉他，他究竟爱了她多久？他擅长计算，专攻建筑，对维度、对公式如庖丁解牛，却算不出自己爱了她多少年。从易晓生第一次意识到爱的感情的时候，他的心上只有她这么一个人。

易晓生一行人回来的时候，他本想让王晓鸥去杜可那里住，杜可却以自己家长这几天在家为由拒绝了，然而杜可离开的时候，却破天荒地要了王晓鸥的手机号码。抵达小区的时候天已经黑了，他停车下来习惯性地看了一眼叶一朵家的方向，书房里透露着昏黄的光，她应该正在赶稿子吧。他又想起自己一个人在书房做完设计，有时候会到飘窗的榻榻米上坐着，像她平常坐着的模样，看她写稿子空余时候发呆的方向。他低头看了看手中的车钥匙，微微叹了一口气，她终究还是回到了程然的身边，程然是她的初恋，初恋对于一个人的影响有多大他怎么会不知道，因为叶一朵也是自己的初恋啊。

易晓生锁上车，刚刚走近房中，叶一朵从书房内推开了窗户，她看着易晓生家里亮起的灯，心道他回来了，出去了两天，还住了一晚，不知道是不是很开心，他也没有叫上自己一起玩，恐怕也是嫌弃自己是个电灯泡吧，她想起易晓生之前跟她说过的话“确定关系之前，不要让她接触你的圈子”，她不知道是难过还是开心，难过的是这一次他都已经和她住了，开心地是他没有将她介绍给自己和周围的人，是不是意味着易晓生并不希望和她确定长远的关系？想到这里她又有些为这个姑娘愤愤不平，都已经住在一起了，竟然还不给那姑娘名分，真是会叫的狗不咬人啊。

叶一朵在得知易晓生和那位粉红拖鞋少女去母校玩了一趟的消息是在半个月之后了，叶母和易晓生的妈妈 FaceTime 的时候，她正抱着杂志在一旁看，所以易母所说的话一字不漏地悉数落进她耳朵里。

“我就说能成唉，除了性别两人完全是一模一样的，说话的那口气你是没听见，有机会你见见，保证你吓一跳，这回晓生带着她去自己的母校玩，也吓了我一跳，没想到进展这么快，你知道我为我们家小易我还去咨询过自闭症的专家，真没想到……”

叶一朵突然觉得杂志上的字她一个也不认识了，分明刚刚读得还很流畅，但是脑袋里只剩下了嗡嗡嗡的声音，她捧着杂志往楼上的房间走去，上楼梯的时候一个踉跄还摔了一跤，也不觉得疼，站起来又走了。

那天她与易晓生擦身而过，副驾驶中坐着他的女朋友，原来他并没有忘记他们前一天回母校去看看的约定，只是他没有带自己去而已。

走进书房的叶一朵生气地将窗户关上，又猛地将窗帘拉拢，看着窗帘一角还在动，她便更加生气，抄起椅背上的靠垫砸了过去，不想砸歪了将桌角的书推到一大片，她恼羞成怒地走过去，一本本用力地捡起来，谁知胡乱隔在桌角的书并没有放稳，刚捡起的又掉了下来砸在叶一朵的脑袋上，一声闷响之后，叶一朵捂着被砸痛的头顶颓然地坐在了地板上，她觉得自己的人生就像是书桌上倒下的书，一盘散沙，她不知道为什么自己会有这样的无力感，明明她处理好了和程然的结局，她意气风发地走向新的人生了，可为什么挫败和失落布满了全身的每一个角落？她蜷在书桌和书橱的空隙间，抱着膝盖，突然觉得很委屈很心酸，她似乎能听见不远处的易晓生的家里传来那个女生的声音，她将头埋在膝盖里，恨不能变成脚下的一块木板才好。

叶母悄无声息地来到了书房，端着骨瓷咖啡杯的她看见叶一朵此刻的情形，并没有大惊失色或患得患失，她异常平静地拖出了一张椅子，坐在椅子的前三分之一处，笔直的背部使她的侧影看起来格外优雅，她看了看叶一朵，又将目光移向窗外的风景。

叶一朵终于从膝盖间抬起头，看见近在咫尺的妈妈明显一惊，她的眼睛红红的，额前的刘海乱乱的：“妈，你什么时候来的？”

叶母显然懒得搭理她这个问题，她低头端详了一会她，道：“女人的任何年纪都应当珍惜，譬如你现在，应当是活得最滋润的时候，但是在家里当一株盆栽，我认为不大合适。”

叶一朵喃喃道：“盆栽？我……我没有啊。”说完她又惶恐地环顾了一下自己，然后确定地看了看叶母。

叶母对她的这种反馈似乎已经习以为常，道：“你有没有思考过自己为什么不大对劲？”

叶一朵更觉得莫名，通红的眼睛瞪得更大了，仰起头认真地问道：“我哪里不大对劲啊？”

叶母深吸了一口气，调整了一下心态，缓缓道：“小朵，你表姐生了孩子有一段时间了，两口子在美国好些年，我们家里都没有派人去探望过，反正你闲着也是闲着，就代表我们这边去看看他们。”

叶一朵有个关系还挺亲近的学霸表姐冯露白，在美国念的高中和大学，毕业后就留在了美国，结婚后就怀了孕也没有回来，一眨眼也有了三四年没有见过，虽然她觉得由亲妈出钱，她去美国玩一趟很占便宜，但是针对“闲着也是闲着”这样的措辞，很不满，她僵硬地从地上站起来，揉着发麻的脚，一瘸一拐地跟在叶母后头道：“妈，我怎么就闲着也是闲着了，我也在工作，我在写稿子，我会成为一个作家，作、家你知道吗？”

叶母停住下楼的脚步，回头道：“你现在就是啊，不用成为。”见叶一朵意料之中的哑然而望，补充道，“你天天坐家里，的确是个坐家。”

叶一朵想起之前易晓生对于自己的书评价是“现在的编辑都不需要业绩考核吗”的言论，火冒三丈，有一种整个地球都不欢迎自己的错觉，她踮着发麻的脚往自己卧室里走，拖出衣帽间里的行李箱，打开衣橱开始拾掇衣物。下班回家的叶父看见叶一朵的情形，乐呵呵道：“小朵，你要出去旅游啊？也好，稿子嘛，写不出来就不写，反正咱家也从没有指望你成什么作家。”语气中充满了慈爱。

叶一朵气呼呼地抬头瞪了爸爸一眼，道：“我要去看望冯露白，我要去美国了，这家里没法待了，我妈妈怎么这样啊！”

叶父脸色一敛，有些不悦，但是一副摆事实讲道理的态度道：“你可以说你爸爸我，但是不能说你妈妈，那是爸爸的女人，是你能随便说的吗？”见叶一朵一脸无语地看着自己，又和颜悦色道，“小朵啊，从你的情况来看，美国签证最快需要十天到十五天的时间，你现在收拾行李，是不是有点早呢？”

面对爸爸不紧不慢的态度，叶一朵不悦地关上了房门。留着外头的叶父有些闷闷不乐，觉得自己分明是和善慈爱的态度，还给出了中肯的建设性的意见，怎么就惹了女儿不高兴呢？很快，他就想明白了，感慨了一句“果然女人心海底针”，摇摇头负手下楼了。

叶一朵开始在家里练瑜伽跳郑多燕，也不去咖啡馆，杜绝一切出门的活动，甚至连书房的窗帘都拉得严严实实，除了办签证的时候出了几次门外，她俨然成了家里的移动盆栽。虽然晴空万里，她从来没发现自己如此见不得人一般，即使在家里，听见敲门声都会受到惊吓，生怕是易晓生来家里串门，她做了很多设想，如果易晓生喊自己去吃饭怎么办，如果易晓生带女朋友来自己家怎么办，以及易晓生如果分手了怎么办？……她觉得自己也想不出来该怎么办，所以她干脆不去见他，只要遇不上就不会麻烦了。事实证明她多虑了，因为易晓生没有出现过，似乎过得还很忙。

易晓生带了一口砂锅回来之后，设计之余就多了一些乐子，起初他会去超市买一些砂锅的配料回来煮，尝试过几次，发现味道不够纯正，想了想可能是原料的问题，于是夜里熬完设计稿，太阳还没有出来，他就去菜市场采购最新鲜的配料回来继续研发，熬制高汤、泡软粉丝、腌制豆腐等等，每次做好都会喊王晓鸥来吃。

起初王晓鸥还对他的“作品”给予中肯的意见，譬如有些淡，火候是不是小，豆腐跟上次吃的不一样等，后来王晓鸥实在受不了了，早上闻着满屋子的砂锅粉丝味道，捂着嘴巴跑到洗手间吐了，直到这种情况发生，易晓生才发现自己已经连续做了一个星期的砂锅粉丝，他有些不解地问王晓鸥：“你闻着味道就吐，可见不是今天第一天忍受不了，为什么不早点告诉我？虽然我未必会停止做。”

王晓鸥漱完口，目光里透着坚毅和决绝的神色道：“如果不是生理上真的没法忍受，我还可以再忍个几天，因为我很想看看你到底可以吃多久。”见易晓生懒得搭理自己，她又补充道：“从心理学上来讲，你这种情况是很典型遇到挫折失败后的回避心态，这些天来，据我观察你是一个意志力很强大的人，所以我就更好奇你会坚持多久。”

易晓生抬起手背蹭了蹭手腕，留下一句“无聊”转身就往厨房走去。

王晓鸥跟着他，义正词严道：“你不需要不好意思，这些都是人类的正常反应，在面对挫折不顺的时候，很大一部分人会选择回避，但回避的方式各有不同，你选择了一个爱好去钻研，全身心地投入，乐此不疲，如果不是我器官上受不了，你恐怕也不会停止……”

易晓生觉得这话有点怪怪的，皱着眉头看了看王晓鸥，见她一本正经也懒得与她理论。王晓鸥走到厨房灶具边上瞅了几眼，忍住强烈想要吐的欲望，走回茶几翻了翻，看见编织篮里有许多零食，如同久旱遇甘霖，两眼放光扑了过去，易晓生却适时出现，一把拉过编织储物篮，道：“你出去找个饭店吃吃吧，这些我要吃的。”

王晓鸥推了推眼镜，不可思议地看了看编织篮子里的零食道：“薯片、果冻、威化、巧克力……你再跟我说一遍，这些都是你要吃的？”

易晓生干咳了两声，还是将储物篮往后头踢了踢，道："你自己出去找吃的。"

王晓鸥也不生气，拿起钱包自己出了门。

易晓生坐在就近的沙发上，看着编织篮里的零食，叶一朵每次笑逐颜开地盘坐在茶几旁吃着零食的样子恍若眼前，他熟悉她喜欢的口味，总是在这个篮子里放满零食，但是现在，大概不再需要了，他抬起头，目光又触到叶一朵专用的马克杯上。这间房子，就如同他的心，随处可见叶一朵的身影，她从什么时候起，住在他的心上呢？他不知道。那她会住到什么时候呢？他还是不知道。

15

叶一朵签证办好的那一天，她从小区的左边那条路往回走，走着走着就一溜烟地奔跑起来，到家后赶紧把门关上，靠在门背后捂着胸口直喘气，生怕遇到易晓生，叶母放下报纸透过眼镜道："张阿姨家的金毛在追你吗？"

叶一朵摇摇头，解释道："妈，不要总是想了解我的世界好吗？你未必懂。"

叶母冷哼了一声，转过身去，捧起报纸道："我了解你的世界，取决于我想不想；你了解我的世界，取决于你能不能。"

叶一朵没有听明白，便问道：“妈，你说什么？”见叶母没有答话，自己又往楼上去。

叶母想了想，搁下眼镜，转身道：“你下周的票吧？不请小易吃个饭吗？他女朋友好像还在，你可以正好请他们俩一起啊。”

叶一朵僵硬的身体停了停，想到真是躲不过，然后敷衍地“嗯”了一声“知道了”。她莫名地觉得人情往来真是个糟粕，但是又觉得自己这样挥一挥衣袖，一声不吭地离开的确不够意思，权衡了半天，她决定——过几天再说。

七天的时间里，叶一朵其实很忙碌，和主编敲定了一些小栏目的主题稿件后，听闻她要去美国，主编又介绍了她一些美食、旅游的杂志编辑，而小说的出版商对她第二部的作品构思和大纲给予了中肯的评价，虽然只身前往美国似乎很潇洒，但是欠着不少稿件，颇有点让人欢喜让人忧的味道。等到这些活儿都安顿的差不多了，也到了她留在家里的最后一天了。

在与易晓生不见面的日子里，她经常站在书房的窗口看着易晓生家的方向，这几天却频繁地看见一个人的身影进进出出——杜可。她对杜可的认知，完全可以用“敬畏”来表达，那种考不到满分就会有强迫症的男生，还曾经因为易晓生和自己走得近的关系，找自己谈过话，一副“在我们的世界里你一定很吃力”的言辞，叶一朵总觉得这个人对自己有敌意，直到这几年有了“好基友”这个词汇，叶一朵才算理解了这两人的关系。后来杜可去了国外念书，彼此在社交网站上不知道怎么的也关注上了，叶一朵分享一些心理学的书籍，杜可偶尔会留言，彼此有个互动。

意外的是，杜可在今天突然打了电话给叶一朵，约叶一朵见面，叶一朵十分惶恐，好像要见老师了一般，百般不情愿却又不得不去。不断地忐忑之中，两人约在了咖啡馆见面。

叶一朵早到了五分钟，却看见杜可已经在了，心里有些紧张，打招呼颇有些不自然，好像自己做错了什么。

杜可还是跟当初一样的“高冷”气场，带着一副神仙下凡的气质，看见叶一朵来了之后，勉强笑了笑，让叶一朵徒然一惊。

杜可显然不喜寒暄，开门见山道：“听说你最近还不错？”

叶一朵不大理解这个“还不错”的意思，蓦地啊了一声。

杜可见她一副懵懂的样子还和当年一般蠢，脸色便有些挂不住的嫌弃，补充道：“听说还出了书。”

叶一朵看见杜可这副表情，又听见这种语气，心里有些不大爽，却又不好发作，便嗯了一声。

杜可点点头：“嗯，这几年说明你还是比较努力的。”

叶一朵一听这话，虽知道杜可没有什么恶意，却实在有些忍受不了他这样的一副姿态。

“但是你再怎么努力，也还是和晓生有差距的，我不认为你们不在一起是件坏事。”杜可点了点咖啡杯旁的桌面。

叶一朵蓦地“啊？”了一声，一脸茫然。

杜可一副“难道不是吗”的表情看着叶一朵。

叶一朵的火气蹭的一下子就燃烧了起来，眼前又浮现出那双粉色的拖鞋，将这些天压抑的不快全都发泄了出来：“你的意思是我不配和易晓生一起玩是吧？我还觉得易晓生不配和我一起玩呢。还有你，你也不配和我一起玩儿！”不知道怎么的，在和易晓生的一起的事情上，她总能变得十分幼稚，甚至连自己也不认识那种状态下的自己。

杜可忍不住轻笑了一声：“谁要和你玩啊。”同样，在易晓生的事情上，杜可也不知道自己可以幼稚得如此毫无下限。他这几天在易晓生家，目睹了他每天专心调配砂锅的模样，实在是难受至极，又听见王晓鸥向自己的描述，更加气不打一处来，所以干脆约了叶一朵出来，打算出言警告她，让她离易晓生远一些。

叶一朵一听这话，差点跳脚，辩解道：“易晓生就要和我一起玩，怎么啦？他家里有我的拖鞋，有我的杯子，我们俩连吃零食的口味都一样，还有，他家的后门那边有他家的备用钥匙，这些还不够吗？如果他不想跟我玩儿，会这样对我吗？我看你都不知道吧，还真不知道谁不愿意和谁玩呢！”

杜可虽然从小数理化特别好，但是遇到和女人争执的问题上，都是会落得下风，不同于易晓生的毒舌冷静，他反而是非常容易被对方的情绪牵着走的。“你说谁不愿意和谁玩？”

“易晓生不愿意和你玩！”叶一朵几乎要哼出了声，声音有些激动得颤抖，看见杜可憋不出话来，心里更加得意，于是想都不想地继续道，“你看易晓生对我那么好，说不定是喜欢我呢！”说完她便觉得十分心虚，把脸偏向另一处。

原本被呛着没话反驳而着急的杜可，听见这话，一脸的震惊，想到他和易晓生的小秘密，是怎么会被叶一朵知道的呢？他并没有说出去啊，眼看秘密就要昭告天下了，他佯装镇定地问道：“谁，谁谁告诉你的！”

叶一朵则更加心虚，也不敢偏过头，赌气地说道：“我猜的！”

杜可彻底松了一口气，道：“你可不能瞎猜。”

叶一朵一听这话又生气起来，扭过头来道：“怎么了，我猜猜还不行吗？你说我们这么些年了，他也就这么一个女朋友被我碰见过，说不准他就是暗恋我。”

杜可急忙反驳道：“但是他现在有女朋友了，他女朋友是斯坦福社会学系的，和我们是一个世界的，他们才是最般配的。”

叶一朵听见“最般配的”四个字，终于说不出话来，她心里何尝不知道易晓生和粉红拖鞋是最般配的，心里的酸楚一下子涌了上来，就在眼泪要夺眶而出的时候，她最终站了起来，对杜可发下狠话：“谁要跟你的易晓生玩啊，我才不要跟他玩！”说罢夺门而出，一出门，便哭得特别伤心。

杜可没想到话风突变，自己还在这场口舌之战中赢了，不仅仅是战胜了叶一朵，他还守住了易晓生让自己守住的秘密，“好兄弟讲义气”不就是这样吗？此时此刻，他为自己的坚守感到十分地骄傲。

回家的路上，叶一朵想起自己在愤怒地时候逞的强，更觉得羞愧难当，是啊，易晓生怎么可能暗恋自己？她自己这话都能说得出口，真是丧心病狂了，要是被其他人知道了，不得笑掉大牙。她微微叹了一口气，在小区里晃悠了好几圈，脑海中满是杜可和妈妈跟自己说的话，她心里头不愿意去和易晓生碰面，但另一方面又觉得易晓生其实没有什么错，是自己矫情，才纠结如此，易晓生何其无辜。

终于在傍晚时分，叶一朵敲开了易晓生的家门，门铃响了两下就被打开了。易晓生穿着家居服，刚洗完手，漂亮的手指上还有些水珠。她与易晓生有近一个月没见，不见的时候忍忍也就过去了，可是这会儿见了，分明刚刚还因为他还生了气，但是这会子见到他，却一点儿也气不起来，他的眉眼、他的鼻子、他的嘴唇……她就这样直愣愣地看着他，不愿意转移视线，她突然想起自己其实是来与他告别的，与他这一别后，下次见面得等很久很久之后，见面前的不愉快直到现在悉数化成了不舍，她有很多很多的话想对他说：“晓生，你有空吗？”她与他之间是不洗头也能相见的关系，从什么时候起，变成了这样的礼貌生疏，当叶一朵问出了这样的话，心底的忧伤化成了一朵凋零的花。

易晓生万万没想到叶一朵会主动来找自己，以他对叶一朵的了解，在叶一朵和程然复合后，她一定满心欢喜地将日程安排的紧凑至极，哪里有时间再来找自己。叶一朵的这张素面朝天的脸，呈现的表情颇有些复杂，他想着她或许会因为疏离了自己而感到抱歉，他本想装作风轻云淡地笑一笑，但是叶一朵站在他面前的时候，他身体里有一种本能的冲动想去将她搂在怀里，死死不放开，但是，她现在是别人的女朋友。那种理智与情感的纠结让他尝到了“麻瓜”的滋味，但是叶一朵有些紧张的声音响起，故作镇定问自己“有空儿吗”的时候，这些天来的挂念让他的情感占据了上风。“你想吃砂锅粉丝吗？”易晓生一手抄在裤袋里，一手抬起来蹭了蹭下巴，装作不经意地问道。

“什么？”叶一朵似乎没有听清楚，皱着眉头问道。

“就是……你喜欢的那种，砂锅粉丝。”易晓生有些紧张。

“学校里的砂锅粉丝？我们学校食堂的那种吗？”叶一朵的眉眼舒展开来，带着期待和欣喜确定道。一个下午的不快都烟消云散了一般。

易晓生正要点头之际，不远处客厅里的王晓鸥终于忍不住跑去卫生间呕吐了起来，她捂着嘴巴一脸痛苦的表情，被叶一朵都看在了眼里，那一刻她只觉得从脚底腾地生起了一股寒意，冲得她脑袋一片空白，她嘴巴微张看着这一切，不可置信地讷讷地摇了摇头道：“我不吃了。”她想说你去照顾她吧，但是怎么也开不了口，她的喉咙被堵住了，她转身就要往外头走。

易晓生被这样突忽其来的场景震惊了，等他反应过来叶一朵已经离开了他的家门口，他急忙冲出去，一把拉住叶一朵的手腕道：“小朵，她不是怀孕，我跟她……”

叶一朵没有想过易晓生会冲过来拉住自己，她有些开心，毕竟他还是把自己当作朋友的，否则也不会急于解释，但是这样的解释能代表什么呢？就算他的女朋友没有怀孕，那也是他女朋友啊，叶一朵抽回手腕打断道：“你跟她要好好的。”她顿了顿，低头强颜欢笑道，“我来跟你告别的，我要去美国了，明天的机票。”

易晓生的眼神充满了不可置信，这个突如其来的消息让他脸色大变。他的第一反应就是，叶一朵去美国找程然了！

这个念头迅速变大，充斥整个脑海，易晓生一刹那甚至觉得自己所有的神经都失去了意识，呆呆站在原地，没有说话，他一个字也说不出来。

叶一朵看见他站定的样子，冷静了下来，她知道易晓生只是毒舌高冷而已，对自己这个不是女朋友的朋友都这样包容，更何况对一个长期住在一起的女朋友呢？眼下已经不需要再吃饭告别了，她一个女性朋友，应当有些眼头意识，不能再给他添乱了。于是她冲易晓生挤出一丝笑容道："那……再见啦，晓生。"

易晓生心中情绪激荡起伏，他回过神来后，第一反应就是心头火起，准备开口骂醒她。可是转念之间，想到这些年来她和程然不正是这样过来的吗，分分合合又如何？或许他们早就安排好了未来，自己还是应该和多年前一样，做一个不打扰的旁观者吧。

想到这里，他满腔的怒火忽然消失无踪，只是心空荡荡的，莫名地有些疼。他就这样看着叶一挥手向他告别，然后转身离开时带上了房门。门关上的那一刹那，易晓生有一种莫名的恐慌，似乎这一扇门将他彻底排除在了叶一朵的世界里。

窗外，落光了叶子的梧桐树旁立着高高的路灯，路灯下早已空无一人。易晓生想着叶一朵刚刚走过路灯下时，那形单影只的模样，在窗边久久伫立。

叶一朵离开的这天，她坐在父亲的车里，特意让他从左边的那条路上出门，她刻意回避着有关易晓生的一切，直到叶母问："你出国和小易说了吗？告过别了吗？"

叶一朵看着窗外的景色，心虚地点了点头，因为紧张下意识的抿紧了嘴唇。她熟悉这座城市的一切，角角落落悉数是她成长的见证，但是目之所及都是和易晓生有关的一切。便利店门口是他走出来的身影，公交站台处是他来接叶一朵的情形，繁苍楼门外是他一脸无可奈何却主动帮叶一朵拉开门的举动，粤菜馆里是他给叶一朵偷偷点了一笼做夜宵的点心的情形……那么那么多的回忆扑面而来，她的成长、她的过去、她的想念都是易晓生，只有他一个人……

这种压抑的情绪等到飞机起飞之后终于爆发出来。叶一朵眼睛直发酸，眼泪止不住流了下来。三万英尺的高空里，她终于发现，易晓生，这个高智商的冷脸怪人，是她在十三亿人里唯一舍不得的那一个。

叶一朵趴在了飞机上的小桌板上哭得不能自已，邻座的好心大妈安慰道："没事，闺女，虽然离家远，但咱又不是去非洲挖矿，是去美国，人家挺发达的，你别哭了，想想那里的雅诗兰黛多便宜啊。"

叶一朵想起自己临出门前妈妈给自己一张单子，上面列满了她和阿姨们需要买回来的东西，整整一张纸上写满了名目，再三叮嘱"人不回来可以，东西一定要回来"，她抽泣着取出口袋里的纸，看见密密麻麻的购物单，又哭了出来。

到达美国西雅图的时候，已经是半夜，前来接机的是冯白露的丈夫，让她大跌眼镜的是，她一直认为能和姐姐这样的学霸结婚的人，应该和爸妈、易晓生爸妈的组合一样，学霸与学霸之间强强联手，但是冲上来热情地给了她一个拥抱的姐夫刘长城，竟然是一个——音乐人！他一边开车一边介绍车里的放着的歌，是他们公司新出的，然后问道："小朵，给西雅图打个招呼！”说罢降下车窗，自己还哼起了歌，这种自嗨的气质倒是让叶一朵阴霾的心情莫名好了许多。

迎面而来的风中带着些许雨滴，似乎可以暂时让她忘却一些烦恼，她想起麦兜妈妈刚到武汉时候说的话，大声道：“西雅图，你这个孕育了微软和星巴克的地方，没有理由不收留我，叶一朵！”

这话引得刘长城哈哈大笑起来，奔驰的汽车，划过的夜景，滴落的雨水……叶一朵与他相隔千里，再也不会触手可得。

王晓鸥很快也到了离开中国的时候。

易晓生在叶一朵走的那天，收到了一个电话：在竞标的第二轮里，他被淘汰了。

易晓生礼貌地道了谢：“我要离开 S 城了。”

朱总有些吃惊，尽管易晓生从这一次的竞标中落选，但是作为最年轻的设计师，他所拿出来的方案中，能将他的才华理念和客户的需求达到了一种完美的平衡，在同行看来，他的前途不可估量。作为土生土长的 S 城人，工作在这里，成名也在这里，易晓生的这句话显然并非戏言，因此朱总在震惊之余还是表示了“日后能与你做对手，也是我的荣幸”。

在叶一朵到达西雅图后倒时差的时候，易晓生离开了 S

城，他决心一路南下，到Z市。在机场的书店里，易晓生随便买了一本杂志，付钱之际却听见书架边两个女生的议论：

“这本书好看吗？”一个女生拿起本书问身边人道。

“叶一朵？谁是叶一朵？从来没有听过这个作者，肯定不好看，一点名气也没有。”另一个女生顺手接过，看了一眼便将这本书随意地插回了书架。

“也是，现在啊是个人就能出书，肯定不好看。”第一个女生点头附和道。

易晓生卷着杂志，悄无声息地站在了她们的旁边，这两个女生起初被这位温文尔雅的“大叔”样貌给吸引了，互相捅了捅对方，但是下一刻她们谁也没有料到，看起来温润如玉的先生，会用极其冷静但是尖锐的语言和她们说话——

“评价一本书好不好看，核心元素应该是内容，内容中又分为很多种，从你们的对话里看，关于内容上的鉴赏我说了你们也不会明白，那么从你们肤浅的理解上来说，你们甚至可以通过封面、装帧、颜色来判断，而不是一个作者是否出名。在你们有限的认知里，所熟知的作者有多少？又如何判断她是一个新人作者。好，即使她是新人作者。那么这样的一本书，是她一个字一个字敲打出来，从最基础的劳动成果来说，你们应当给予最基本的尊重。如果只通过行为的结果来评价一个人，那么你们的人生里，也会被人这样评判，不要怪社会不公老板有眼无珠，看不见你们的努力，因为你们也看不见别人的努力。这样的读者，我想作者也不希望你买她的书，请你们把它放回去。”这话一气呵成，层层递进，逻辑上毫无漏洞，声音不大，却掷地有声，连收银台的小妹都不敢出声。易晓生转身离开之际，他抬起手背蹭了蹭下巴，一口气说这么多话，在他的人生里屈指可数，但是像叶一朵这样重要的人，在他的人生里也是屈指可数的。

留在原地刚刚反应过来的女生看了看作者名，感慨道：“她肯定有背景！”

“肯定的！说不定那个大叔被包养了！”

易晓生听见“被包养”这三个字，背影略微一定，继续往候机室里走去，他突然想起他一直很喜欢的那本童话书《小王子》，他想起叶一朵，她正是他的玫瑰花。她单独一朵就比任何人都重要，因为她是自己浇灌的。因为她是自己放在花罩中的，因为她是自己用屏风保护起来的。因为她身上的毛毛虫是自己除灭的。因为自己听过她的怨艾和自诩，甚至有时候自己可以读懂她的沉默。因为，她是我自己的玫瑰啊。叶、一、朵，他又在心底里念着她的名字，他曾经固执地等待她从失恋的阴影中走出来，他看见她和林华分手，是那样的安慰，因为他明白叶一朵终于可以坚强起来，他像是等待花朵绽放的园丁，欣喜地看见她一天天的成长。这一刻他很悲伤，他觉得自己在很多方面给了她太多的照顾，他心甘情愿乐此不疲，但是他又希望她能练就独立的内心，唯独这个他没法干预。易晓生用右手手背蹭了蹭下巴，感慨了一句独他妈的立，就是自己一意孤行才会让她又走回程然身边去！他觉得自己的智商在这一刻一定和叶一朵平常一样低。

地勤人员提醒易晓生登机时间已到的时候，他带着一只简单的登机箱走上了通道。

飞机起飞的时候，他的脑海中又浮现出叶一朵的模样，她跑步时候的大汗淋漓，她吃饭时候的狼吞虎咽，她偷懒时候的鬼灵精怪……这个城市里已经没有了她，他如一个逃兵撤离现场，留下黯然失色的一座空城。

chapter 5

浮生若梦，你曾是我的两三事

说是寂寞的秋的清愁。
说是辽远的海的相思。
假如有人问我的烦忧，
我不敢说出你的名字。
我不敢说出你的名字，
假如有人问我的烦忧：
说是辽远的海的相思。
说是寂寞的秋的清愁。

《烦忧》——戴望舒

16

叶一朵原本以为她在西雅图的生活会是这样的：从清新自然的早晨里醒来，跑步完去咖啡馆买一杯咖啡，享受美美的早餐，午后享受优美的阳光，每天会尝试不一样的店铺里的美食，说不定还能锻炼口语，听见一些异域风情的故事……

现实永远是残酷的，叶一朵在西雅图的一天基本上是这样度过的：早上帮着冯露白冲牛奶，然后帮着姐夫做午饭，午后推着婴儿车去散散步，由于早上醒得太早而半夜经常会被孩子的哭声惊醒，下午成了她打盹儿的时候，等到晚餐后，姐夫和姐姐会带着孩子出去散步，她才迎来了一天里最清静的时候，埋头赶稿。说来也奇怪，以前在家的时候，每天都有很多时间，如今眼下只有一两个小时，而她的效率却比从前提高了许多。返稿率也越来越低，连挑剔的宋主编都会打趣她道：“从前我觉得你是靠勤奋写作的，现在从字里行间里读出了你的天赋，叶一朵，你可以靠天赋吃这一碗饭了。”

叶一朵的第二本书，人物设定的是一个阳光温暖的邻家大哥，暗恋着青梅竹马的妹妹，而妹妹却一无所知。学习生物分子结构的博士姐姐似乎对妹妹所从事的行业并没有什么兴趣，所以很少聊起她的工作，倒是这位音乐人姐夫对叶一朵的行业有点好奇。在听叶一朵讲了她的第二本小说故事之后，刘长城好奇地问道：“你们平常写作的时候，会在现实中找一个人物原型吗？”

叶一朵想了想回答道：“我不会。通常我会想出这个人物的鲜明特征，然后逐渐丰满这个人物，这个人物在故事中的世界里，他的所作所为，或许会有身边人真实的小事情。”说到这里，她想起为了设计让男主角不动声色地对女主角好的情节，他会看准时间开车出来佯装碰巧送她，他会在家里备下她喜欢吃的零食但是男主却是个从来不吃零食的人，他会为了陪女主角吃顿饭而装作没有吃过……她低下头看着手中的杯子，闻着咖啡的味道，想起了那个喜欢喝咖啡的易晓生，很多事情都是易晓生与她做过的，唯一的区别的是易晓生总是老大不情愿板着脸。

“有趣。”刘长城笑着道，“就像许多作词者，那些美好的伤痛的歌词里，并非是他们的人生，但是会有他们的人生感悟。”刘长城将奶杯递给叶一朵，见叶一朵摇了摇头，便不再勉强。

叶一朵看着不远处卧室里散发出的柔和的光，姐姐正在轻轻哼唱着催眠曲，周围安静极了，她转过头来，小声道：“我觉得你和我姐姐，像是完全不同的世界的人。很难想象你们会走到一起，因为，你知道的，像我爸妈，都是那种学霸型的……”

刘长城俨然没有生气，反而理解地点头：“好多人这么说过了。”他也看了看卧室的方向，满含爱意的视线收了回来，看着自己手中的杯子道，“用咱们中国的话来说，你姐姐那是人中龙凤啊，我的职业在许多长辈看来，有些不务正业。”他说的倒是很坦然，没有什么害羞的意思，“在和你姐姐结婚后不久，我供职的那家唱片公司裁员，我失业了。”说到这里他似乎想起了一些不愉快的记忆，耸了耸肩膀故作轻松道，“那时候奥巴马上台，为了保证美国本土人的就业颁布了一系列法令。我失业回家，我想着去餐馆洗盘子吧，结果我运气不错，不但找到了工作，而且还不是洗盘子的。你猜是什么？”说到这里刘长城的语气中有种惊涛骇浪后的感慨。

叶一朵有些好奇地问道：“什么？”

“剁鸡。”刘长城似乎还有些得意，一边用手做刀比画了一下。

叶一朵显然没有明白过来，她又追问了一句：“什么？”

刘长城虽然想哈哈大笑，但是怕吵着孩子，只好收声，轻轻道：“就是那些被拔了毛的鸡，我要把它们的脖子、腿、翅膀、胸脯都剁开来！”一边说着一边用自己的身体部位比画着，很惬意的样子，“这工钱可是洗盘子的三倍！”说罢还竖了三个手指头。

叶一朵突然间有些感触，她觉得自己这些年活得任性而幸福，虽然母上大人总是会嫌弃她的智商，但是幸运的是家庭经济条件还不错，因此她有资本去写作，试想一下，如果家中温饱都难以解决，她根本不可能有时间去等待自己的理想转化为金钱，多少人把理想只能当作爱好，为生活为亲人为责任，这些人都应当给予崇高的敬意，因为如果理想不能转化为自力更生的能力，便只是自己一厢情愿地任性而已。她端起咖啡杯冲刘长城碰了碰。

刘长城显然并不觉得这是一桩什么值得致敬的事儿，他补充道："那时候和我做同样活儿的是一个英国小伙子，但是老板说只能留一个，还有一个得去洗盘子。后来你猜谁留下来了？"

叶一朵指了指刘长城，刘长城开心地一拍腿道："小姨子，我说你真是好眼光！"他喝了口咖啡补充道："现在每到感恩节就是我大显身手的时候啊，我跟你说，不是吹牛，现在蒙上我的眼睛，你放一只裸鸡在我面前，庖丁解牛知道吗？我就是刘氏解鸡！我一个小时能剁二十只鸡，那英国小伙子只能剁八只，而且我还是处女座，你懂的，我那鸡剁出来爪是爪，翅膀是翅膀，绝对不含糊！"他干脆放下手中的咖啡杯，边小声说边比画，"那天啊，老板说要用我，别提我多开心了，我骑自行车回来的路上跌在草丛里，都睡着了！"他的兴奋缓缓收起，深吸了一口气，像想起了什么美好的事情，双手交叉放置脑后，道，“是你姐姐发现睡着的我，到那个时候，她才知道我被公司裁员啦。作为一个男人，如果不能养家糊口，扛起家中经济重任，都会愧对这个家庭，我不能因为自己的爱好和追求，让你姐姐和我受苦。但是你姐姐听说了之后哭的那是嗷嗷叫。”

叶一朵忍不住露出将信将疑的目光，在她看来，自己的这个家族里，嗷嗷叫的人只可能是自己，像姐姐这样的学霸永远是“别低头皇冠会掉”的姿态，很难将她与痛哭流涕联系在一起。

刘长城见叶一朵露出这样的神情，露出回忆起美好时光的表情道：“你姐姐说，我嫁的是一个音乐人，请我继续做我的音乐，剁鸡的人那么多，不差我一个。”刘长城的眼睛里突然笼罩了一层泪光，他看着西雅图难得的星空，对叶一朵笑了笑，“没有你姐姐就没有现在的我，我现在有自己的一家小唱片公司，会获几个奖，但是也会带小孩儿做家务，只要家庭需要我，你姐姐需要我，我随时会抛弃这些，因为过了这些年，我才发现，我的理想是你的姐姐。”

万里星空，好似银河铺散开来，绚丽又深邃，氤氲着的咖啡香气，似有若无的摇篮曲，叶一朵看着离座走向卧室的刘长城，他一手搭在姐姐的背上，一边附耳温柔地说些什么，姐姐抬头娇嗔地看了他一眼。

只剩下叶一朵一个人的院子，她看着西雅图的夜色，突然想，千万里之外的易晓生，你还好吗？过得怎么样？

阳光普照的Z市，易晓生的衬衫袖子卷了两道，正在一个会议室里，和大家说着些什么。这是他新成立的叶生工作室，此刻他们刚刚接了第一单活儿，项目不算大，他却是全力以赴。昨天熬夜出来的设计，他正在和一个员工进行交流，很快又得到了一些新的启发，随后他交代如何改动一些细节。电话响了起来，易晓生接了电话又说了几句，然后出了会议室，走向门口和已经到来的客人握了握手，走向了另一间会议室，在聊一些什么。另一个会议室里的杜可正在和团队说些什么，他在白板上画出了模型，一边继续讲解。

Z市上空万里无云阳光普照，一座奋斗就会有收获的地方，无数人来这里淘金，无数人带着梦想而来，而易晓生在这里经营着自己的梦想，将所有的精力都投入在了工作中，尤其将工作狂中的“狂”字诠释得淋漓尽致。

西雅图的雨总是很多，叶一朵在这里学会的第一项技能竟然是带小孩子，她现在已经可以熟练地帮小孩儿换尿布冲奶粉，动作很是纯熟，连冯露白都挑不出什么毛病，小家伙似乎也很喜欢她，常常对着她乐呵呵地笑。每次和叶父叶母 FaceTime 的时候，小家伙还很争气地亲亲她对着屏幕直发笑。

一切得心应手后，叶一朵写作的时间更多了一些，她可以推着儿童车在街边的咖啡店里赶稿子，小家伙自己待在儿童车里倒是很乖，看看外头的街道，看看眼前的小姨，自己乐乐，让叶一朵有一种成就感满足感。有时候拍一些美食照片还会用小家伙做背景、道具，没想到这些照片发给杂志社，反响十分好，主编甚至开玩笑要和这位小朋友签约。

第二本书稿在完稿后的第一周，宋主编打来了电话。她对叶一朵的这个故事本就十分感兴趣，偶然的机会她将这个故事说给了一个影视公司的副总听，没想到对方十分欣赏，希望能有机会改编成电影，所以在叶一朵完稿后，她也给了一份给宋主编，对方在看完后，很快给了回复，愿意买下电影版权，且价格不菲。

叶一朵看见合约上的版权费的数字时候，仔仔细细来来回回数了数，然后激动地躺在床上使劲踢着脚，看了看一旁的小外甥发现他也在挣扎，似乎要学着她的模样踢踢脚，叶一朵一把将他抱过来，和他鼻子对鼻子道："小姨有钱咯，小姨请你吃好的住好的，给你钱花，你就要听小姨的话噢！"说到这里，她从床上坐了起来，脑海中浮现出那年她得知易晓生辞职，两人在梧桐树下说的话，她其实晓得易晓生这样的人肯定饿不死，他的职业选择和人生规划都掌握着足够的主动权。她看着膝盖上坐着的小外甥，问道："要不我这个大作家就勉为其难打个电话给他吧？"看见小外甥对自己直乐呵，觉得受到了鼓励，取出手机，调出了易晓生的手机号码，看着这一串熟悉的数字，她和他是互相设为快捷拨号的关系，如今却连按一个键都会犹豫。可是分明已经小半年不再有联系，不知道他是否还惦记自己，就像自己这样想着他？

叶一朵想着自己打通了电话应该说什么，譬如“嘿晓生，你还好吗？”“我发财了！”“晓生你想我了没有？”……但是当她鼓足勇气按下通话键的时候，很快，那边传来了一个标准普通话的女声——“很抱歉，您所拨打的号码是空号；sorry，your number is……”叶一朵不可置信地看了看手机，挂掉又拨打了一次，结果还是如此。叶一朵的手机落在床边，耳边还是那个电话中传来的女声，她脑海中只有一个想法：易晓生换号啦？易晓生怎么会换号了不告诉自己？易晓生为什么要换号？什么时候的事情？她觉得太不可思议了，她站起来在房中来回踱步，可是也无法平复自己内心的情绪。虽然易晓生对自己态度不是那么热情，但是他从小就是那个脾气啊，叶一朵当然知道他冷漠的外表下对自己还是不错的心，那么他到底怎么了，叶一朵停住脚步，靠在墙上，咬着嘴唇想了想，难道？！难道死了？！想到这里，她的眼泪就蓄满了眼眶，连忙和叶母FaceTime。

叶母此刻正在做脸，视频刚接通，看见叶一朵满含泪花的模样，语气中有些不耐烦问道：“什么事情？做脸说话容易长皱纹，长话短说。”

“晓生出事了！妈，晓生肯定出事了！”叶一朵无比坚信地说道，眼泪止不住地开始往外流。

叶母倏地从床上坐起来，语气中透露着焦急地情绪道："出什么事情啦？在哪里，谁通知的你，现在是什么情况，你不要慌，我们一起想办法。"

"妈，我走的时候没有请他吃饭，我吃了他那么多顿，最后也没有还上，我欠了他那么多顿饭，我现在赚钱了，我想请他吃，却再也没有机会了……妈……"叶一朵的声音带着无尽的后悔与悲伤，完全沉浸在了自责之中，"从前我和程然约会，有时候也会叫他，他也是那么大大方方的，可是我呢，我却容不下他和他的女朋友！我……"

叶母无奈地提高了音量道："你先给我住口！"终于阻止了叶一朵的哭泣，"他在哪里我需要具体的位置，你是怎么发现他出事的，他现在还有没有生还的迹象，你必须说清楚。"

叶一朵惊讶地抬起头，一脸泪痕地摇摇头："啊，没，没有……妈，晓生他换号了！"说罢她又哭了出来。

叶母脸上嫌弃的表情已经表露无遗，写满了"我怎么就生了这么个白痴"的无奈，她道："他早就换号了，他去了Z市，你走后不久他就离开S市了。"

叶一朵打了个泪嗝，愣住了，抹了抹眼泪，惊讶之色并未褪去："什么？离开S市啦？他为什么要去Z市啊？去那里干吗？他怎么没有告诉我呀？……"一连串的疑问从叶一朵的嘴里问出来。

叶母显然被叶一朵折腾光了耐心，不耐烦道：“你去问他，我哪里知道。电话等会儿发你。还有，叶一朵，你把中国的雾霾都装在了脑子里带过去了吗？”说罢就收了线，屏幕那边又恢复成选单界面。

叶一朵并没有因为叶母的责怪而迟疑，她很快收到了电话号码，她按下去，在选择是否要拨打电话的时候，突然停止住了。易晓生在自己离开后不久也离开了，他告诉了叶母自己的电话，或许那些亲近的人都知道他的号码，但是那些人里没有自己。小外甥爬向自己，叶一朵上前将他抱到自己怀里，他也不哭闹，抓着叶一朵的发尾，专注地玩耍。

来到西雅图已经好些日子了，每天忙碌着倒也没有虚度，但是这一刻她感到巨大的孤独袭来。叶一朵一直认为她和易晓生之间有一种默契，这种默契是不需要言语的交流的，所以他即使再冷脸相对，她也可以腆着脸跟他耍赖，但是这一刻，她才发现，其实易晓生未必如自己所想的那样，他只是一直没有机会摆脱自己罢了，像自己这样的生物，正如杜可所说，她和易晓生之间压根就是两个世界的人啊，她怎么会天真到认为易晓生去哪里都会第一时间告诉自己呢？一种巨大的讽刺感让她徒然无力，依靠着墙边，抱着小外甥，和他一同沉沉睡去。

波兰诗人辛波斯卡有一首诗，开头是这么说的：全都是我的 / 但无一为我所有 / 无一为记忆所有 / 只有在注视时属于我。

17

西方的圣诞气息和国内的春节前夕的氛围倒是相似，大家都忙碌着手中的活儿，准备早些回去和家人团聚，各家商场都使出了各种招数刺激消费，叶一朵和姐姐一家忙碌着准备回国的事宜。刘长城和国内也约谈了几位重要的客户，而叶一朵在和影视公司签好版权合同后，对方提出了请她做编剧的请求，这次圣诞节会去再碰个面。

从叶一朵得知易晓生离开 S 市后，她偶尔会去易晓生的微博或者 QQ 什么的去看一看，易晓生是常年隐身的，个性签名总是空白，而微博里连个转发都没有，叶一朵从前很好奇地问过他干吗还要开微博是不是因为自己美？易晓生认真地回答道“因为要了解像你这样的芸芸众生的世界啊”，叶一朵觉得这回答倒是十分诗意的，俨然忘记深想这话背后的意思。

他们似乎是在圣诞节的时候关系急转直下的，现在又到了圣诞节，转眼就是一年，时间跟不要钱似的。叶一朵回国的时间告知家人后，并没有引起多大的反响，反而是小外甥一家要回来，大家有些激动和期待。

随着圣诞节的临近，国内的不少公司会因为将近元旦跨年，不少员工干脆休了年假，一起过个长假。不足一年的时间里，易晓生和杜可的叶生工作室迅速在业内崛起，让同行们意外的是，这家新入行的公司，并没有按照一般新人的套路，先用低价来接活，他们的价格反而比行业内的均价高出近乎一倍的价格，但是仍旧有人找他们，而且随着时间的推移，他们的生意项目越来越多，俨然成为业内的黑马。

易晓生决定回S市是因为世界著名的五星级酒店曼安集团将会在新区打造他们的新酒店，而这一次他们面向全球的设计师发出邀请信息，这无异于设计界的一件大事。能给曼安集团设计酒店，无异于是一个设计师历史上成功的一笔。

易晓生所乘坐的飞机落地后，他带着登机箱走出来后，就听见头顶的广播播报着飞机的航班情况。

“DL588次由美国西雅图飞往S市的航班已经抵达。”

易晓生停了停，他抬起头看了看头顶，想起了在美国不知道怎么样了的叶一朵。这一年来，他更换城市埋头工作，为的是将有关她的记忆都深藏起来，忙到脚不沾地倒头就睡，就不会有她的身影出现，但是简单的“美国”两个字，让他对她的思念如同排山倒海般袭来，这座城市里，连空气都是她。

在回国的航班上，叶一朵首次得到了姐姐的认可——“你照顾孩子还是有天赋的，比你姐夫好”。叶一朵冲着姐夫扬扬眉毛表示得意，刘长城只好摊手。小家伙一路上都没有哭闹，给足了叶一朵的面子。可是等到了拿行李的转盘处，小家伙似乎对机场这么多人感到害怕，开始哭闹了起来，叶一朵忙着哄他，而姐姐姐夫则发现有一件行李并没有找到，于是去和机场人员交涉，有一个人拍了拍叶一朵的肩膀，让叶一朵始料未及的是，这个人竟然是程然。更让人意外的是，程然和她竟然是乘坐了同一班次航班回来的，全程近 12 个小时他们竟然都没有发觉。

程然有些好奇地摸了摸还在哭闹的小家伙，问道："你竟然还能带孩子，你姐姐也放心？"

叶一朵佯装生气地作势要踢他，道："我还有很多技能好吧？"

程然笑而不语，接过孩子道："给我抱抱试试。"叶一朵便毫不客气地将孩子递给他，自己赶紧揉揉酸疼的臂弯，一边和程然说着姐姐姐夫行李丢了一件的事情。

从二楼的电梯处，可以将这片地方收在眼底，如果视力好的人，看见这样的情形，一定以为是回国的年轻夫妻，十分恩爱的模样让人羡慕。

站在电梯上的易晓生，显然是个视力极好的路人，他不但看见了叶一朵，也看见了叶一朵身旁的程然，当然，还有他们俩轮流抱着的孩子，错愕、惊诧、震惊、悲伤……在他的身体里汹涌澎湃，他抬起右手手背使劲地蹭了蹭下巴，放下来的途中又抬起手蹭了蹭，使劲蹭了蹭，他从楼梯上下来的时候，被后面的人推了推，他竟然毫无察觉。

惜别君未婚，儿女忽成行。易晓生怎么也没有料到，这样的事情会发生在他和叶一朵身上，此时此刻，他连打个碰面的勇气都没有，他没有办法坦然地面对失去叶一朵这件事情。偌大的机场闹哄哄的，这一刻他是那么地感谢这些路人，让原本无处遁形的他得以藏身。他体内的所有力气，在这一刻被掏空，连呼吸都觉得费事。

他与她一年后的见面，在机场，以为她已成人妇。

叶一朵一行人被叶父接回家的时候，经过小区里她指了指右边可以经过易晓生家的那条路，示意父亲往这边转弯，叶父并没有多问。

从机场和程然短暂的相遇告别，叶一朵已然没有旧情人相逢时候的诸多复杂感情，反倒有一种老朋友见面的喜悦，她看见程然消失在人群里的背影的时候，没有不舍，那种释然让她终于明白，有些缘分尽了就是尽了，该放下就得放下。

叶一朵坐在副驾驶死死看着易晓生家门口的动静，她做过无数种设想，譬如：易晓生正好从里面出来，她就降下车窗吓他一跳；易晓生正好背对着路开门要进去，她就降下车窗吓他一跳；易晓生在路上散步，她就降下车窗吓他一跳……很快她就认清了现实，易晓生也许没有回来，虽然她想象出来的见面方式有些拙劣，但是依旧没有展示的机会，她趴在车窗看着越来越近的易晓生的家，然后看见了他家的大门突然缓缓打了开来，叶一朵猛然一惊，挺直背部的时候还撞着了脑袋，但是下一秒，她脸上呈现出意外之喜的笑容僵硬了，从房子里走出来的是一个女人，她一手拎着垃圾袋，将垃圾扔进了门外的垃圾桶里，这个女人她认识，易晓生一年前的女朋友，不，应该是易晓生交往了一年的女朋友。

叶一朵不知道如何来到了书房，这个阔别了一年家，一切如故，唯一不同的是，她的易晓生再也不会和她像从前那样了。她曾经百度过如何面对异性好友找到伴侣的情况，很多建议是要端正心态，毕竟人家两口子才是主角。她做过很多次心理建设，但是在发现王晓鸥从易晓生家门走出来的那一刹那，她的心理防线轰然倒塌，碎了一地。她突然意识到，王晓鸥才是那里的女主人，她最好不要再去找他，自己本就是他的一个普通朋友而已，自我感觉太良好是种病，得治。

她与他一年后，相距咫尺，却决心不再碰面。相见不如怀念，不，她宁愿见也不见。

易晓生到家后，吃惊地发现王晓鸥竟然在自己家，驾轻就熟的模样让他有点冒火，从她心安理得的态度、顺利进入自己家的情况来看，这个事情的始作俑者一定是自己亲妈。在拨通了电话前，他在邮箱里看见了母亲大人发来的邮件：儿子，圣诞快乐。我和你父亲在 Verona，晓鸥没有地方住……好吧，我认为这样借口你一定一眼看穿了。我认为你们俩很合适，便邀请她来家里住，钥匙也是在美国时候碰面给她的。

另，你介意也没有办法，因为这房子写的是你妈妈的名字。

易晓生无奈地关掉手机，疲惫地坐在沙发上，王晓鸥将他的皮鞋放端正，然后又将他箱子下面的滚轮仔细擦了擦，才舒坦地呼了一口气，手里握着抹布，走在她旁边道："我出门倒垃圾的时候，看见了隔壁的叶一朵回来了。"她有些担心地说道："她也看见了我。从我的动作情形给她传递的信息，应该是我和你的关系匪浅，嗯，所以，你看是否有必要去和她解释一下？"

易晓生解开衬衫的袖口，抬起手腕蹭了蹭下巴，无力地摇了摇头说了句"不需要"。他环视着周围的一切，多么希望自己从来没有离开过，一如一年前，那个时候，他在忙碌地准备圣诞节，而叶一朵至少为了那次只和他的约会洗了个头，他记得他们在繁苍楼短暂而有趣的交谈，那些历历在目的过往，终于等他看见了角落里被蒙着的圣诞树，他才发现，是的，其实什么都没有改变，他的感情一如往昔，从来不曾见天日过。

易晓生走回书房，打开电脑，坐在他最熟悉的椅子上。眼前横竖交错的线条，是他的设计，是他的想法，是他人生最大的依靠。他不敢回头看，因为他知道，那个飘窗上，再也不会坐着熟悉的身影，抱着笔记本噼里啪啦敲着字，时不时地偷懒发呆看着窗外……他只能专注于眼前的工作，他一刻都不想分心，但是那些交错的线条，却没能让他静下心来。他的眼前皆是机场里看见的那一幕，占据着他的视线、听觉和脑海。

在家中待了一两天的叶一朵，有些坐立不安，她内心深处无比纠结，一边担心着易晓生会不会携女朋友来她家拜访，一边想着或许见一面也不错毕竟是多年的朋友了，所以每一次的敲门声对她来说都是一次提心吊胆的煎熬。她尽量逃避着冯露白一家的饭后小区散步，也逃避着帮爸妈跑腿，更逃避着右边的那条小道。

转眼到了平安夜，原本影视公司的李副总打算约在圣诞节后，得知叶一朵平安夜有时间后，便约在了这一天晚上。

叶一朵本能地希望这一天能忙碌一些，当她看见影视公司李副总定的地方竟然是繁苍楼的时候，不由地苦笑。

提前了半个钟头就已经正襟危坐于繁苍楼的叶一朵，百无聊赖地翻看着繁苍楼自有杂志，杂志中会有一些名人推荐、小品文、新品介绍等，这一期的杂志专题是圣诞特辑，选择的图片则是去年某位美食节目的女主持人的来访，这位女主持人倒是十分眼熟，叶一朵很快就想了起来，正是去年和易晓生用餐的时候遇到的那位，当时还想采访易晓生来着，这张图片是她握着话筒，站在餐桌旁采访的剪影，她不由自主地多看了两眼，却发现那个剪影的背景，竟然是她和易晓生这一桌，当时易晓生正在俯身向前为她抹去鼻尖上的巧克力粉。叶一朵看着这样的瞬间，记忆如同潮水，汹涌而至，易晓生的那一句“真笨”犹在耳畔，她蓦地想从前有一天，她在易晓生家里教易晓生如何应对女孩子鼻尖上异物的情形，她下意识摸了摸鼻尖，有些酸涩地笑了笑。现在的易晓生会用她教的方法去对待王晓鸥吧？她看着倒影灯光的落地玻璃，对着玻璃中自己的影子，情不自禁地抬起了右手，用手背缓缓地蹭了蹭自己的下巴，直到她放回右手，倏地想起这是易晓生最常做的动作，赶紧抬起手将下巴使劲抹了抹，一边心里想着自己是不是患上了斯德哥尔摩症，竟然会怀念被易晓生毒舌过的日子。

李副总翩然而至，衣着考究，是一个看起来三十多岁但应该有四十岁的中年男人，他和叶一朵握了握手，道了一句“久仰”，入座后，服务员过来点单。服务员看见叶一朵便认了出来，礼貌地招呼“叶小姐好久没有来了，上次见您还是在去年的这个时候”，叶一朵心里想着这员工的素质也太高了，记忆力这么好，笑着点头。点了单，服务员好心提醒道：“叶小姐，你最喜欢吃的提拉米苏，用不用点？”

李副总听闻此言，笑着道：“可以。”随后将菜单递还给服务员，对叶一朵道，“叶作家的女主角身上，果然有着作者本人很多的影子。”

叶一朵自然而然地想起她和易晓生四处找提拉米苏吃的日子，她笑道：“我哪里是什么家，叫我小叶就好。”

李副总也不客气：“我比你年长一些，小叶还是叫得起的。我这次见你，主要想和你聊一聊关于你的作品，改编成电影的事情。”

叶一朵谦逊道：“有什么是我能做的？”

李副总有些惊诧地感慨道：“说句题外话，如果你做了编剧，家里人会为此自豪吧？”

说到这里，叶一朵发自内心地摇了摇头：“恰恰相反，他们会说——哦，你终于做了点事情了。”她想起那次在易晓生家里，又道：“我出了第一本书的时候，送给我一个……算是家人的好朋友，他还问我‘现在的图书编辑不要业绩了吗’？”说到这里，叶一朵也情不自禁地笑了笑，“所以，编剧，也不过是三百六十行的其中一种罢了，任何一行做好了，都应该自豪。”

李副总被叶一朵的话逗乐了，点头称是：“我是在你的作品里，见到了男女主角常常会来这家‘繁苍楼’用餐，在网上搜了搜，没想到真的有这家店。你从前也经常来这家店吗？”

叶一朵环视了一周，目光最终落在手边的杂志上，她多想和易晓生的关系就定格在照片里的时候，那个时候，她是他最好的朋友，有着无数种可能，而非现在，连见面的勇气都没有。最终叶一朵还是点了点头，道：“是啊，从前很喜欢这家店，常和朋友光顾。”

李副总停下手中的筷子，自然而然地问道：“男朋友？”

叶一朵本能地摇头解释道：“不不，他是一个男的，但不是我的男朋友，他和我不是一个世界的人，他是那种……学霸，哦，或许叫学神？”说罢她又想起从前易晓生总是能易如反掌地解决那些难题的样子，有些人生来就是注定要当……学霸的。“我和他，有着云泥之别，当然，他是云，我是……总之不是和他同类。”叶一朵有些语无伦次，从小到大的潜移默化中，她就将易晓生划分在父母姐姐那种学霸的一类人里，因此她只有她自己的小世界，并且在那里自得其乐，偶尔打开这扇世界的小窗，和易晓生说上几句，但是这个世界里，是不可能留下易晓生的。就像晏子使楚里说的，橘生淮南则为橘，生于淮北则为枳，叶一朵深信不疑自己就是淮北的水土。

李副总似乎对她的回答有些兴趣，吃了两口菜，问道：“别把事情想得太绝对，你看你书里写的，男女主角相差那么多，还不是走到一起了，我看你和你那个朋友挺合适。”

叶一朵连忙摇头否认：“我是个编故事的，肯定要分清现实和小说，否则就成盗梦空间了。”她从来没有想过和易晓生能成为男女朋友的关系，她想起易晓生与自己的种种过往，想起现在短短一年里的物是人非，却有些踏实，因为叶一朵发自内心地觉得，易晓生迟早会离开自己的世界，到他的世界里去，找一个足以与他相配的女人，譬如王晓鸥，他们很般配，只是，她还没有做好准备。

那一顿饭叶一朵吃得很好，谈吐得体、落落大方，她站在微微飘雨的淮海路街头，被人潮推挤，她回头看繁苍楼的方向，想起一年前她落荒而逃的狼狈，释然地笑了笑，五年的感情，她以为会痛心疾首久久不能自拔，到头来都化作一声叹息，她的心情不好，却不是因为程然，不是因为那五年消逝的感情，这一刻她终于明白，对于一段感情最好的告别，不是忘记、不是记恨，而是平静地回忆、平和地面对，但是她为什么一点都高兴不起来呢？

平安夜的雨下得大了起来，叶一朵打不到车，便顶着包包一路小跑到地铁。从地铁出来的时候，见没有出租，正要冲进雨里往家回，一辆黑车摩托小伙子吆喝道："姑娘去哪儿？"听见叶一朵报出小区的名字，道："十块！"

于是叶一朵顶着包包坐在摩的后头，一路风驰电掣，她想风里来雨里去也是这种滋味吧？便笑了起来。到了小区门口，她下车时，鞋子不小心落了下来，那小哥收了钱对她道："姑娘你鞋子掉了。"

叶一朵脚上已经湿了，甩了甩赶紧穿上，她突然想起了一年前的这一天，她赤着脚站在易晓生的玄关处，他帮自己穿上了鞋子，那个总是信奉"凉从脚上生"的易晓生，总是不让她光着脚，就像……她曾经因为生理期痛得死去活来，被易晓生无意中撞见后，就不再允许她碰任何凉的东西。叶一朵环视了一下四周，最终看着小区门口的那间便利店，透过橱窗可以看见花花绿绿的货架物品，她又想起易晓生喜欢在这里买买杂志饮料什么的，但是如今只剩下她一人在这里想念他。雨水越来越大，她顶着包站在雨里竟毫无知觉，她想，如果易晓生从这里推门而出，她一定会冲过去，告诉他她很想念他，她一直将他当作最好的朋友，无人可以取代的那种朋友。

便利店的感应门发出了一声“谢谢光临”，移动的玻璃门内走出一个左手握着杂志，右手握着直柄伞的男人，他穿着亚麻色的粗线羊角系扣毛衣，他抬头看了看屋檐低落的雨帘，然后低头撑开伞，就在他抬起的视线里，站着一个已经淋成落汤鸡顶着包呆呆站在雨里的叶一朵。

近在咫尺，他晓得靠得这么近，迟早会遇到她，但还是万万没想到，她真是狼狈得一如既往，他笑了起来，觉得这样才是他认识的那个叶一朵，站在雨里呆若木鸡的样子，蠢得让人不忍直视，他想冲她招招手，就像从前上学时候，她忘记带伞，每次要往雨里冲，他都会淡定地撑起伞，一脸嫌弃地对她招招手，便会迎来她欢天喜地地钻在伞下的情形。

叶一朵的眼前被雨打湿，发梢上有水滴不断地滑落，鼻尖上的冰凉让她忍不住打了个喷嚏，在家门口遇见他，本是稀松平常事，此刻却有着巨大的欢喜。她想给了他一个发自内心大大的笑容，却因为冻僵了，表情变化着实不大，她的脚有些冷得发麻，抬了起来想向他走去，却看见了从店内里走出来靠近他的王晓鸥，她拎着便利袋，嘴里在说着什么，自然而然地好像生活在一起很久的老夫妻。叶一朵突然觉得自己很狼狈，又丢脸又可笑，她从前在易晓生面前犯的二可以说不计其数，从未觉得有什么不妥，但是这一次，她迫切地想要离开，她觉得自己真是……蠢透了！

易晓生在看见叶一朵的一瞬间就已经忘记了王晓鸥的存在，当然他也并不觉得她的存在有什么特殊，所以看见叶一朵僵在脸上的笑容以及转身的背景时，他跨下台阶，莫名地想要和她解释。

一辆车停在了叶一朵的身旁，副驾驶上冯露白抱着孩子对叶一朵说了什么，随后孩子咿咿学语的声音传了出来，易晓生收住了步伐，他这才想起，眼前的姑娘已是人妇，再也不是他的小姑娘了，不，她从来不是他的，但是却霸占着他心上所有的地方，赶不走、忘不掉。

18

叶一朵回来后就得了感冒，在不断的喷嚏中跨了年，学霸全家对她感冒的成因、症状进行了激烈的讨论和分析，持不同观点的两方还互相翻了白眼，叶一朵只好颤抖着吃了两片白加黑，顶着头疼努力睡去。

天放晴的那一天，叶一朵的感冒终于好转，打开了久违的电脑，恢复了从前赶稿子的生活。只是她的书房一直不敢拉开窗帘，她不知道易晓生要在家里待多久，她写累了会站在窗帘附近，摸一摸阳光投射在上面的斑驳光影，她始终不敢拉开它们，她怕看见成双入对的身影。纵使知道很多道理，纵使说的头头是道，但临了了，她连拉开窗帘的勇气都没有。

电影的改编很快搬上了日程，最让叶一朵意外的是，影视公司所邀请的音乐制作团队，竟然是姐夫刘长城的工作室。很快，她被邀请进入了 S 城里一家低调又奢华的度假村里，开始不断创作、改编、再改编的工作。

闭门造车的过程着实单调，好在这是叶一朵喜欢的活儿，能做自己喜欢的事情，在别人看来的苦闷，对于当事人来讲却是一种享受。影视方对她的要求很是简单，吃喝住都在酒店，所有开销全部记在单上，只要不离开酒店。叶一朵没有任何异议，甚至有些感谢这样的安排。她终于不用在家里的书房里，犹豫着是否要来开窗帘。她想自己能将友情发展到这地步真是用情至深感人肺腑，每次想到这里她就会停止继续往下想，只差那么一小步。

编剧的过程比叶一朵想象得还要复杂繁冗许多，为了能保证每天创作的精力和活力，早晨她都会准时出现在健身房里，在跑步机上运动半个小时，大汗淋漓去吃早饭冲澡。

平安夜那次的重逢后，易晓生在家几乎闭门不出，他比从前更加卖力地工作，常常到夜里三点才能做完，也只有这样夜深人静的时分，他才会像做贼一样来到房外的二楼阳台，站在老位置，捧着咖啡，看着最熟悉的方向。那个窗口里的灯，有时候很早就熄灭了，也有时候会亮到很晚。有一次王晓鸥半夜起床，看见了这里的灯光，走了过来，披着毯子顺着他的方向望去，好奇地问他："无论你站在这里多久，对那盏灯的光度有多么了如指掌，如果你不跨出这一步，这些都是零，毫无意义。"

易晓生将咖啡杯搁在防腐木的栅栏上，叹了一口气，他侧身对王晓鸥道："你的想法，我很能理解，任何公式里，只要有一个零，其他无论多么复杂，只要相乘，都是一无所有。"他看着已经变凉的咖啡，苦涩道："我从前也这样想。但是感情不是。从前我默默地看着，却觉得自己很富有，而今静默如初，却发现自己一无所有。你知道为什么吗？"

王晓鸥似乎在观摩一道异常复杂的公式，锁眉摇了摇头。

"从前，我所做的一切，都可以有我的立场、希望和等待，而那种等待是不会失去自我的等待。如今，再等待下去，就是自我的迷失和放纵了。即便我爱死了她，也断然不希望她断送现有的感情来成全我的等待，那样的机会，我也是不屑要的。"易晓生抬起手擦了擦下巴，半天叹了一口气，"她还是那么蠢，怎么好。"

王晓鸥听懂了这一句，侧目看他，一本正经道："你口中所说的蠢，应该是智商低吧？智商低分为两种情况，一种是遗传，介于她的家长，我认为这种可能可以排除；第二种就是后天的基因变异了，从生物学中来讲，曾经有一个实验……哎，话还没有说完，你怎么走了……”

易晓生停住脚步，有些生气地转头望向她道：“她的蠢只能我一个人来说，你不但不能分析，也不能说！”

王晓鸥有些吃惊地耸了耸肩膀：“你现在的这种情况是要结合人体生物学来研究了，人类所说的感情冲动，在生物学中是指脑部神经……唉，怎么话没有说完又走了，一点礼貌都没有……”

易晓生当然知道，他对叶一朵的感情并非一朝一夕就能忘却，他更明白破坏别人的家庭是多么不道德，当然，他最明白的是，走出来是要靠自己的。

曼安集团的初选结果在二月份就公布出来，他们邀请了所有被选中的设计师到 S 城的度假村进行一个交流，这座度假村也是曼安集团子公司的一个项目，低调又奢华的度假村是很多酒店争相模仿的对象。

易晓生驱车抵达这家度假村的时候，是早上九点半，他目不斜视经过二楼的健身中心的时候，叶一朵正塞着耳机在跑步机上挥汗如雨，斜前方偌大的玻璃外信步走过的易晓生俨然没有被她发现。

易晓生抵达餐厅用完早餐，走进了电梯，按下会议室的楼层，等他自己的电梯缓缓合上，对面的电梯则刚刚打开，叶一朵擦了擦汗水从里头走出来。她发现今天的餐厅人比之前几天要多了一些，有些好奇地向服务员问道："怎么，是有旅游团过来吗？"

服务业礼貌地解释道："是曼安总部请了一些设计师过来。"

叶一朵点点头，扫了扫餐厅内部，然后挑了个位置坐下，这个位置正是易晓生刚刚坐过的，她要了一杯咖啡，翻了翻手边的杂志，抬起头来，回想刚刚服务员的回答，心想：我也有一个很厉害设计师朋友啊，不知道他现在在做什么，是不是依旧那么忙？想到这里，她又为自己的一厢情愿的"友情"感到些许心酸，微微叹了一口气。

隔壁桌的两位客人正在交谈着什么，邻桌的叶一朵可以听得很清楚。

"这次初选的比例说是三百比一，你知道云天设计院吗？连初选都没有进入。"

"他们的优势在于商务型的设计，被筛选掉并不意外。"

"以个人名义入选的好像只有几个人。"

"都是国外的吧？我看见了美国的那个克鲁尼。"

"有一个中国的，你应该认识。"

说这话的时候，叶一朵也好奇地往他们的方向看了看，其中一位客人搁下咖啡杯的时候，不小心从桌沿边上晃了出去，情急之下咖啡洒了一腿，服务员赶紧走了过来。叶一朵见此慌乱的情形，自己也吃完了早餐，便起身离开。等叶一朵的背影消失在餐厅门外，这边的突发状况也处理完了，那人继续道：“易晓生，你有印象吗？”

“当然有，上一次新区图书馆他虽然没有最终选上，但是他的设计还被拿出来当过行内案例讲过，那个设计的确厉害。”

……

叶一朵回到房间里，拉开落地窗前的白色窗帘，房间在十二楼，她看着楼下人影点点，抱臂临窗想着情节。楼层如此之高，她自然不会看见楼下的那群人中，有一个她最熟悉的人，侧身抬头看了看。即使目光交汇，他们也没法看清楚彼此。你看，生活多可笑。

叶一朵剧本交了第二稿的时候，正值春暖花开燕徘徊，姐夫刘长城以公事的身份和她进行了一次洽谈，在第一次读了她的小说后，应影视方要求创作了相关主题曲和插曲，今天他带着曲子来到叶一朵的房间，为的是能让她自己创作歌词。

对于歌词的创作，叶一朵有些怵，在她的观念里，现代的词人就是古代的诗人，平仄韵脚运用得行云流水，她不过是一个靠写字为生的人罢了，所以她几乎是条件反射地拒绝了刘长城的请求。

刘长城有些纳闷，问她担心害怕什么。叶一朵思忖了一会儿，认真地回答道：“因为我没有写过歌词，隔行如隔山。”等她再将词人是诗人的概念告诉刘长城后，刘长城哑然失笑，开导道：“就像并非只有灵感才能写作一样，歌词与创作都差不多，讲究的是情感代入，讲究的是有感而发的动人，我们的时间很充裕，你可以试试，我是认为作者本人来写词可以更贴切人物内心，如果你两个月后，还不能创作出来，再找一个专业的词人也来得及。”

面对刘长城的话语，叶一朵着实没有再拒绝的理由，便答应了下来。刘长城这次来的私人目的是告诉叶一朵他们下周就要回美国了，小外甥对她十分挂念，如果她有空的话在他们离开之前再见一面。

易晓生和曼安总部的副总裁 James 接触十分顺利，会议结束后，对方和他单独地交流一会，对他之前在新区古街的设计给予了十分的肯定，并且一再重申他们对于设计的要求是优雅、安静。

和 James 聊完之后，杜可给了他电话，易晓生一边和他讨论着相关事宜，一边打开了车门，迅速切入了车载电话的模式，他低头进车低头之际，离他的车不远处的叶一朵正弯腰和刘长城说了些什么，然后和刘长城挥手告别，见车子发动离开，叶一朵便转身而去。易晓生抬起头来，继续与助手华天交代相关事宜，车子轻轻转了个向，与叶一朵的背影渐行渐远，最终，两人都从停车场离开，谁也不知道对方都在这里停留过。

第二稿的剧本显然比第一稿要让制片方满意许多，对于一个首次担任编剧的叶一朵来说进步的确很大，可是需要修改的地方仍旧很多，李副总考虑到她的工作强度，便给叶一朵一天的假期，叶一朵简直要感恩得涕泪横流，如同脱缰的野狗，以最快的速度离开了度假村，觉得扑面而来的满满都是自由的空气，张开双臂简直想唱一首自由飞翔。

家里的人对叶一朵的回来并没有太大的激动，相反正在吃午饭的一桌人，无比淡定地为她多添了一副碗筷而已，唯一激动的只有还不会说话的小外甥，张牙舞爪咿咿呀呀嚷嚷着什么。等到叶一朵狼吞虎咽地吃完一顿久违的午餐后，坐在客厅的茶几旁逗着小外甥，阳光洒在地毯上，叶一朵觉得天伦之乐不过如此罢。

一旁看报纸的叶母，推了推眼镜，想起来什么似的说道："小易今天要去美国，你也不去送送？"说罢从镜片里透出犀利的眼神，问道，"自从人家有了女朋友，你好像都不怎么和小易来往了。这样是不对的。"

叶一朵的嘴唇扯了扯，她本能地辩解道："哪有。"随后又道，"我现在太忙了，明天姐姐他们走我都没有假送，我现在是……是事业型女性！"说罢心虚地低下头，继续和小外甥互动，不想听见事业型三个字的时候，小外甥竟然露出无比惊讶的目光，让人十分尴尬。

叶母意味深长地看了她一眼："你已经是成年人了，你有足够的自由和权利支配你的行为，但是前提是你要直视认清自我。很多人活了一辈子，不知道要什么，简单说来就是没有认清自我，我有些担心，怕你也是如此。”

叶一朵放下小外甥，心底里的涟漪让她有些烦躁，语气中带着不耐烦道：“我不就是忙不过来吗？怎么就扯上什么自我了呢？我一辈子认不清自我怎么了呀？我就认不清了，我不但认不清我还听不见我还吃不着。”说罢赌气地往楼上去。

叶母显然没有因为她的顶嘴动怒，冷哼了一声，道：“是不是忙不过来，你自己心里头清楚。不用跟我较劲。”

叶一朵进了书房，将门关上，站在窗前，重重地喘了几口气，倏地才发现她从不敢拉开的帘子不知道被谁拉开了，窗外视线明朗又熟悉，阳光下的树叶抽着新芽，不远处易晓生的家门口处，正站着王晓鸥，旁边是两只简单的登机箱，她想起自己只要出门总会塞满一大箱行李箱，再次觉得这俩人是多么登对，门口的出租车里应该坐着易晓生，王晓鸥干练地将两个登机箱放入了后备箱里。叶一朵又想起了以前上大学，易晓生总是会帮她提行李放行李，如今看见王晓鸥利索的身影，她再一次自惭形秽，或许从很久很久以前，她在易晓生的眼里就是个大麻烦，只有像王晓鸥这样的女孩儿才会配得上他吧？她又想起杜可和她说的话，是的，只有他们俩才是同一个世界里的人啊。她看见王晓鸥坐进了出租车里，那辆载着他们的车缓缓启动，叶一朵抱着双臂临于窗前，她不知道易晓生为什么要去美国，会去多久，归期何时……她有太多的问题，却发现自己连问的勇气也没有，也不知道是怎么了。

易晓生和杜可讨论了一些工作室的事情，他离开的日子将由杜可负责工作室的相关事宜。这次曼安集团第二次筛选后，只留下了二十五位设计师的作品，易晓生便是其中一位，他没有理由不全力以赴，曼安集团邀请了这二十五位设计师去曼安总部所在地华盛顿，进一步感受曼安的文化。

出发时间与王晓鸥是同一天，但所属航班不同，对于人情世故都不会放在心上的易晓生和王晓鸥，几乎没有任何异议地各自忙各自的了。等到易晓生和杜可见完面，回到家取行李的时候，已经是晚上八点了。

夜幕下的小区格外宁静，他将车子停好，习惯性地往叶一朵书房的方向看去。从上次在便利店门口见到她后，这里的灯光不再是那么有规律地亮了暗暗了亮，就像他们再不像从前亲密无间，只剩下他自己和弥留至今的习惯，致敬着他还未走出来的感情败局。

易晓生从家中取出行李，坐上前往机场的出租车不过短短十分钟。叶一朵和家人们吃完晚饭，和他们告了别，在一家人充满“你终于做点正事了”的目光里离开了家，想去门口打个车前往度假村。她毫不犹豫地选择了右边的那条岔路的时候，易晓生叫的出租车驶过她的身边，拐了个弯，最终停在了易晓生的家门口。易晓生很利索地将行李放在了后备箱，坐了进去。叶一朵走到一半的时候，她突然停住了脚步，看着地上形单影只的身影，她想起白天里妈妈的话——是不是忙不过来，你自己心里头清楚。叶一朵当然知道她不是忙不过来，只是这一段时间以来，她根本没有去审视过自己，她用一些片面的理由敷衍安慰自己，她不敢去深想，没有时间也没有勇气。在这样漆黑的夜里，她总觉得有什么在不远处等着自己、召唤着自己，她情不自禁地望了望身侧，好像从前她跑步，易晓生总会悄然而至；她情不自禁地转身跑去，好像从前她从外头回来，易晓生卷着杂志悠闲地走在路灯下；她情不自禁地停在了易晓生的家门外，好像她从前只要站在窗户下头喊一声，楼上的窗户就会应声而开，易晓生云淡风轻的样子总会很快出现在打开的门后……如今这里黑黢黢一片，只有门口昏黄的路灯、渐行渐远的出租和她自己，徒增荒芜一片。

叶一朵仰头看着易晓生的家，她很想知道在和自己疏远的日子里，易晓生怎么过的？明明知道他有女朋友，但是这一刻她像是只想看一眼那富人家的宝物的小穷鬼，抬起了脚步，往门口走去，轻轻挑起栅栏内的门栓，走了进去。她明晓得里面没有人，却依旧按了按门铃，无人响应后，她叹了一口气坐在了门口换鞋的橡木矮凳上，托着下巴，看着面前的木门，倏地想起那把后院的钥匙，不知道还在不在，腾地起身，飞快地往后院里去。

熟悉的后院，熟悉的花坛，叶一朵有些忐忑地将花盆移开，在看见一把钥匙的时候，她开心得差点跳了起来，拿起了钥匙，走向了那间通往后院的卫生间的后门，想起了上次的乌龙事件，忍俊不禁。她推开门，打开灯，熟悉的气息扑面而来，仿佛易晓生从来没有离开过，就在她触手可及的地方，她站在镜子前，摸了摸下巴，想象着站在这里刮胡子的易晓生的模样，想起他那副从不表现悲喜的脸，一种无法言说的思念油然而生。

她走向一楼的客厅，坐在客厅茶几的地毯上，那是她从前最喜欢的位置，靠着壁炉近，也是看电视的最佳视角，最重要的是，茶几下面的抽屉里永远会有她和易晓生都喜欢的零食，想到这里，她习惯性地拉开了那只竹篮。竹篮里整齐地码放着牛奶巧克力、番茄味薯片、夹心饼干……都是她最常吃的那些，叶一朵没来由地苦笑了一声，埋怨道“真是浪费，人都出国了，东西也不吃掉”，她拿起一块巧克力，正要拆，想了想，最终还是放了回去。

叶一朵直起身来，走向了厨房，她走到厨台前，好像从前易晓生一脸专注做饭的样子，他切菜的样子、煲汤的样子、炒菜的样子……总是一副游刃有余不受干扰的气场，好像一切都是手到擒来的胸有成竹，她站在案台边，似乎易晓生并没有走远，还在她身边忙碌着一样。她歪着头，目光落在了玻璃橱柜里的一只砂锅上，她放下杯子，打开了橱柜，将这只与周围厨具完全格格不入的砂锅取了下来，狐疑地打量一番，有一只锅耳断了一半，锅身也有些斑驳，锅沿还蹭掉了一块，她蓦地想起了大学时候最喜欢吃的砂锅粉丝，还有她曾经一本正经地和易晓生分析砂锅粉丝美味的精髓所在，所以那天易晓生问她吃不吃砂锅粉丝，其实是因为他拿回来了这口锅？叶一朵哑然失笑，心道易晓生真能耐，竟然真的弄回来一口锅。转念又想起了那天他女朋友呕吐的样子，心中戚戚然，只好放回了砂锅。

叶一朵往楼上走去，拾阶而上，脚下的木板，手中的扶梯，一切充满灵性却静默如初，只是它们的主人不在家了。那间最熟悉的书房，记载了她从学生时代到如今，她趴在窗台边看着杂志等易晓生帮自己做题，她坐在飘窗上抱着笔记本赶稿，她站在易晓生身后看他画的图……她站定在书房的中间，她发觉自己的一路的成长，无法分割的人，贯穿着她的青春、贯穿着她的人生、贯穿着她的梦想的人，是这个房屋的主人——易晓生。

这个人安静地看着她成长、恋爱、失恋、追逐文字、经历低谷……他亲见了她所有的好的、不好的，有些人终将逝去，而有些人终将刻在脑海里融在血液里，时间会过滤掉本就不该属于你却暂时停留在你的人生里的人，那些留下的却熠熠生辉。

叶一朵坐在易晓生的书桌前，摸着桌面，干净整洁没有一丝杂乱，她将脸轻轻地贴在了桌面上，她摸着光滑的桌面，心底的思念翻涌溢出，连闭上眼睛都是易晓生的身影，那种思念慢慢转化为了心疼。她觉得很奇怪，通常易晓生都是沉默的那个人，两人在一起的时候也是她讲得多，而此刻她却觉得易晓生的声音犹如在耳——“又要给你写数学？”“这个提拉米苏你吃吗？”“你真的蠢得突破我的下限。”“失败了，要靠自己走出来。”“现在的编辑都不要业绩了吗？”……叶一朵趴在桌子上笑着笑着又悲伤了起来，她觉得他在自己的世界里越来越少了，抓也抓不住。她又回想起母亲大人的话，如果需要正视自己，她最怕面对的是内心深处的什么呢？

叶一朵缓缓地直起身来，她对自己内心的认知感到无比得吃惊、慌乱和伤感。她不想和易晓生和他的女朋友有任何接触，并非自己认为的当电灯泡，而是一个女人的醋意和爱意的使然啊，她在逃避着他的成双入对，也在逃避着随时会被自己发觉的爱意，以朋友的名义，欲盖弥彰。她的拳头紧紧地握着，在这一刻幡然醒悟，自己其实早已不把他当作那位邻家的大哥哥了，她在不知不觉中爱上了他。天啊，想到这里，她被自己的蠢又一次震惊了，为什么不早点发现？她曾经有那么长的时间待在他的空白期里，自己竟然毫无知觉。想到了这里，她将头埋进臂弯中，她埋怨自己为什么到现在才发现，又被自己对他的爱意吓了一跳，但是最让她悲伤的是，她已经失去了他，她不再有任何立场去待在一个有了女朋友的男人身边了，她没法隐藏自己的爱意，也不愿意借着从前朋友的关系给他现在的感情添乱，如果那样做，连她自己都会瞧不起自己。现如今，只有眼下短暂的时光，供她追忆供她悲伤，可这些都是见不得光的。这是一场她的独角戏，从头至尾没有人发觉，连她自己醒悟得都是那么那么晚。

多可喜多可悲。

她拿起易晓生笔筒里的铅笔，这是他曾经用过的笔，见证她此刻心意的，只有眼前的文具了，她虚涂着画纸，回忆着他工作的模样身影，好像能和那个时候的他融合在一起，那时候多好啊，他们抬杠他们打趣他们沉默，那时候她可以陪他身边，可以理直气壮地霸占着他所有的时光，她扬扬得意她黯然神伤，她晓得这是只道当时是寻常，“当时”两个字就直接粗暴甩在她眼前，告诉她一切已经成为了过去。叶一朵明白，易晓生，他迟早、迟早是要离开的，那简直是一定的。

她想起王晓鸥与他的默契，想起他对自己迫不得已的帮忙流出的“嫌弃”，她想他们是多么般配的一对啊，而自己呢？和易晓生这种高智商生物完全是两个世界里的人。她无法改变自己，这是一段她无法走进也无法高攀的感情啊，她唯一能做的，就是像当初易晓生说的“失败了，要靠自己走出来”，至少这样，他们在处理糟糕的困境的时候是用的一样的办法，在不同的世界里能感受到彼此的存在的最微弱的联系。虽然还没有见过天日的感情就这样要灰飞烟灭，她会不舍会难过，但是她知晓破坏别人和失去自我，都不会被自己、被晓生所喜，可是她说不出祝福，她只想让刚刚苏醒的感情，再喘口气。

叶一朵起身，桌上的橡皮滚落到了地上，她捡起来，放回原处，一不小心铅笔又滚落到了右手边的抽屉缝隙里，叶一朵轻轻拉开了抽屉，想寻找那支不听话的铅笔，却看见了满满一沓稿纸上，有一张女子的侧脸肖像，叶一朵有些不可置信地将这张纸抽了出来，透着窗外的灯光，随着画纸上的肖像愈发清晰，她满腹吃惊和诧异，这是一张自己的肖像啊，还没有平复这样的情绪，她看见了这一张稿纸下面还有一张画着自己盘腿而坐的样子，她将第二张稿纸抽了出来，然后看见了第三张，第三张是自己坐在飘窗上打字时候的模样……叶一朵索性将这些稿纸悉数取了出来，整整一叠都是画满了她各种情形的素描，有些虽然寥寥几笔却将她勾勒得足够传神。她抱膝而坐，满地的画像。

叶一朵突然觉得心里发紧，说不出话来，她想着手中的、书桌上的以及滑落在腿上、地上的这些画，一定不是一天完成的，多少个日日夜夜，易晓生这个高智商的生物，怎么能隐藏地如此深，他分明曾经有那么一段时间里，在念想着自己，记挂着自己啊！

叶一朵将满地的画纸捡了起来，她抚平每一张，认真执着地将每一张堆放好，整齐地将它们放回了抽屉里，这些是属于他的，也曾属于过自己，她看着终究要推上合拢的抽屉，落在把手上的手停了停，她轻轻取出了一张，那张她坐在飘窗上的侧影的素描，她知道正如要关上这只抽屉一般，她也必须将这些回忆锁起来，她舍不得，她不想，如果不能爱，那么可以忘吗？

等到都放好了，叶一朵使劲地关上了书房的门，就像要掩藏一个秘密一般，她在门外站了一会，就立刻往楼下去，好像走的快就能忘却这样的秘密一样。她站在茶台边上，接了水，插上电源，她必须要找点事情来做，来清除刚刚目睹的一切。

她盯着茶壶，满脑子皆是那关上门内的一切。她不敢相信，那一地的画像都是自己，如果那不是一种挂念，那不是一种情感，那又是什么呢？她想起刚刚见到的那只破旧斑驳的砂锅，想起茶几抽屉里那些码好的零食，她想起易晓生会带她找各种好吃的提拉米苏，会帮她做习题，会和她去图书馆一坐一个下午，他会温柔地给她穿鞋，会做她的司机，会成全她的突发奇想……

叶一朵捂着胸口使劲地喘气，努力地平复自己的心情，她拿下自己的那只杯子，倒了一杯热水，本能地送到口中，刚触碰到嘴唇，便被烫地一哆嗦，水洒了一地，她拿起一旁的面纸想要擦地，却看见了面纸旁边排列的一整排的未开封的矿泉水。她突然意识到，她在易晓生家里的时候，杯中的水，总是恰好的温度。直到现在，她才发现，原来那是他小心翼翼地呵护啊。她蹲下来用力擦着地面上的水珠，眼眶直发酸，心里像是被堵住了一般。她眼前浮现出刚刚进门时，还内心嘲笑易晓生装好了一篮子的零食，就不怕浪费……那一抽屉的零食，是他曾经挂念的见证啊。

叶一朵擦干地，直起身，她看见了壁炉旁边用窗帘布遮挡的东西，站定了身子，似乎想起了什么，又不太确定，慢慢地走了过去，她缓缓抬起手，将窗帘布扯了下来。哗啦的声响，抖落些许灰尘，在灯光下扬起的灰尘里，映入叶一朵眼帘的是一棵圣诞树，上面挂满了 blingbling 的装饰，圣诞树的绿色有些旧了，尽管是仿真树，可此刻还是散发着没有生机的样子，枝丫上挂着的装饰品，其中一个铃铛的标签还没有剪去，叶一朵抬起手，将它取了下来，打开瞧了瞧，映入眼帘的是标签上印着的购买日期，竟然是两年前的 12 月 1 日。她的眼泪终于在这一刻喷涌而出。两年前的圣诞节，易晓生是怀着怎样的心情来筹备呢？她想起那年圣诞夜，想起他们在那一刻曾经靠的那样近，就差那么一点点，一点点啊。这个屋子里的所有的一切，她曾以为只是他的漫不经心举手之劳，可统统都是他的温柔以待啊……那个时候的他，应该是爱着自己的吧，可是自己竟然毫无察觉。

该死的！

叶一朵终于蹲在了这棵圣诞树下号啕大哭了起来。她哭自己真的如易晓生所说那么蠢，她哭易晓生也不是什么聪明的货色，竟然明知道自己这么蠢也不和自己说明白，她哭不似初恋这般的轰轰烈烈，润物细无声的感情才最害人啊。她哭她不敢去留下一张画像做纪念，她哭不管当时是他已经有了女朋友，还是圣诞节才确定下来的关系，至少曾经，这出戏里，她并非独自一人，只是他们都错过了，错过了……

等到哭累了，她才站起来，她环顾周围的一切，将圣诞树又悄悄盖上，她觉得自己哪怕再有满肚子的疑问、满心的不舍，她怕自己再在这里待下去，会想要把他抢回来。她担心自己的孩子气会破坏他的幸福。曾经这个男人，为了保护她的幸福，给她自由，给她选择，看着她的幸福是怎样的心情？那张不以物喜不以己悲的表情背后，又隐藏的是怎样惊心动魄的爱意呢？他曾经为了自己的幸福那般隐忍，如今呢？她有什么立场、有什么资格去为了一己私欲破坏他的幸福呢？那么那么般配的幸福。她低下头，看着整齐的玄关处，想起每次穿鞋的时候，易晓生总会将鞋口对着自己，她的眼泪又一次流了出来，所以，易晓生，你要好好的，一定要幸福下去，带着我很晚很晚才苏醒的爱和此刻最真心的祝福。

机场里人来人往，易晓生并没有什么行李托运，他办理好机票后，就在检票外头和杜可说些什么，留在Z市的一些事物会由杜可全权负责，杜可还是有些不放心自己，一边用笔记录着，一边会时不时地核对，易晓生耐心地一一解答，直到距离登机还有四十分钟的时候，易晓生才和杜可告别，他直起身正要离开，杜可好心提醒道：“晓生，你没有什么东西落下吧？再回忆一下？”

易晓生苦涩地笑了笑，然后摇了摇头说：“再见。”他转身离去，他握着拳头，他嘴巴里有些发苦，他落下的东西是个小姑娘，在很久很久以前。他抬头看了看登机口，突然觉得心里很难受：叶一朵，愿你此生杯中水常温，愿你悲伤时候有人吻，愿你身边常伴心上人。

chapter 6

爱是不失去自我的等待

心灵已开始苏醒，
这时在我的面前又出现了你，
有如昙花一现的幻影，
有如纯洁之美的精灵。
我的心在狂喜中跳跃，
为了它，一切又重新苏醒，
有了倾心的人，有了诗的灵感，
有了生命，有了眼泪，也有了爱情。

《致科恩》——普希金（俄）

19

叶一朵的剧本最终改名为“等爱”，叶一朵的工作量大头已经结束，接下来的日子也过得轻松了许多，演员陆续敲定，因为片酬给的也比较高，男主角定了一个当红的影视小生黄汉，而女主角则是一个苦苦在二线打拼多年终于熬到了女一号的刘晨，在公布了演员阵容后，就引起了许多影迷的关注。在拍摄期间，叶一朵也是随剧组居住，好在取景的地方主要集中在了 S 城，对她来说也没有什么影响，而且，她努力让自己忙碌起来，她担心对易晓生的那种思念会如同槲寄生一般蔓延在她的全身每个角落，所以她要努力地让自己忙碌起来，掩耳盗铃也好、缩头乌龟也罢，她都无所谓，只要没有时间想起那个人就好。

剧本修改的地方也不多，叶一朵开始有时间去创作刘长城和自己所说的歌词，虽然是个文字工作者，但是她还真没有写过诗，更别说词了。她咬着笔头，经常坐在窗前，一发呆就是一个下午，然后写下几句诸如“雨天让人惆怅惆帐好惆帐”

之类的无病呻吟的句子，自己看了也一阵瘆得慌，赶紧揉了扔了，省得碍眼。

每隔三天，叶母总会和叶一朵 FaceTime 一下联络感情，交流一下互相近期的动态，听闻叶一朵在创作歌词的时候，她推了推眼镜，缩了缩眉头道：“不是所有人写东西都可以称之为创作的，我建议你以后陈述此问题的时候，用‘写’替代‘创作’。”叶一朵对这样的“建议”司空见惯，她的内心早就被锤炼得无比强大了，因此她只翻了个白眼。叶母对叶一朵翻白眼的行为抱着恨铁不成钢的心情叹了一口气，又道：“关于创作，像易晓生那样，才配得上创作这个词汇，对了，下个月，他们的第二次竞标，是全球直播的，我相信这样的直播至少你看了能扩充一下眼界……”

叶一朵只听见了易晓生三个字，后面的声音便断断续续越来越小，呈现在叶母面前的是一双无神的眼睛，面对女儿听不进去就宛若痴呆的模样，她只好见怪不怪地无奈地收了线。叶一朵默默地收起 iPad，她又想起和易晓生从前相处的时光，此刻窗外阳光正好，他在美国，过得好吗？吃得惯吗？睡得香吗？……她垂下手臂，无力地将头往后仰了又仰，这些与她有什么关系呢？他的身边自然有人照顾着他，比起自己的粗枝大叶三落四，显然让他和旁人在一起更是为他着想。叶一朵为自己的幽默感落寞地笑了笑。

显然易晓生在美国的日子里，过得和从前一模一样，有条不紊，他依旧会在做设计的时候用铅笔打草稿，依旧会在休息的时候泡上一杯咖啡，他会站在窗口望向窗外，但是他始终找不到一个焦点，世界空空如也。

下个月，二十五位设计师的设计第二轮的筛选，而这次曼安集团决定采取前所未有的全球直播，这无疑与建筑界改革创新，而且又由曼安集团这样世界顶尖设计公司发起，已经引起了圈外行业的关注，而作为一些知名时尚品牌也开始接触了曼安集团，希望能赞助相关设计师的衣服、箱包等，关注度在半个月后已经火热化，因为在这二十五位设计师中，华裔设计师本就不多，其中地道的中国本土设计师只有易晓生一位，很快，“易晓生”三个字上了国内不少网站的热搜榜。

叶一朵上网溜达的时候，看见了某网站热搜榜上竟然会有易晓生，想着他该不会出了什么不好的事情吧，忍不住点击进去看了看，一看便让她惊掉了下巴，易晓生念的大学、高中、初中都被扒了出来，一些认识的不认识的人或直接或间接地上了他的照片，其中有一张是他在野外临摹建筑的侧影，他正好抬起手腕蹭了蹭下巴，被旁观者抓怕了去。尽管背景是凋零的深秋，可他已然点亮了那一季的生机，他被封为“男神”，被众多诸如“就是喜欢这样专注的少年”“太迷人”“低调有才华”等等的言论吞噬，叶一朵叹了一口气，正要关掉网页，发现有人留言讨论着易晓生是否单身的问题，并且有人信誓旦旦地判断他并没有女朋友，实打实的钻石王老五。叶一朵停住了关闭网页的动作，立即注册了一个马甲，回复了其中一位道："易先生是有女朋友的，双方家长也十分认可的，只是他行事低调没有张扬罢了！"回复完，觉得自己出了一口恶气，维护了易晓生的感情十分有成就感，冷静了下来，她悲伤地叹了一口气，她明白，自己不希望他的这段感情因为外人的介入而终止，那样她会为自己寂寞孤独的坚守感到遗憾和后悔。

身处美国的易晓生自然没有关注到国内论坛里关于他的话题，只是他的邮箱里近期冒出很多杂志、媒体方面的采访预约，他在纳闷之余还是淡定地删除了这些邮件，他可是生来就不喜欢被人关注议论的性格，对这些让他露脸的事情本能上就是抗拒的。随着设计展示的一天天接近，他紧张忙碌的神经反而松弛了一些，没有手到擒来的盲目自大，也没有患得患失的自卑担忧，他优雅得有些不像话。

易晓生会在傍晚的时候跑跑步，每每此刻他总是会不自禁地想起叶一朵，因此忍不住回头看看，总觉得她会从哪里钻出来，像往常一样，说些让他哭笑不得的话。

设计展示的前一天，他跑完步冲完澡，一边擦着身上的水滴，一边看着国内的新闻，无意中点进了娱乐新闻，就在他要退出的时候，却看见了一个熟悉的身影，在被媒体簇拥着的他叫不上来但据说很红的女明星的后面，跟着一个抱着一叠纸被挤得歪歪倒倒的身影，虽然只有短暂的一瞥，但他还是认出了叶一朵，他迅速定格了画面，然后放大了开来，像素有些模糊，但是他发现叶一朵瘦了一些，眉宇间似乎也有些忧伤的样子。易晓生又按下播放键，这条新闻是报道了关于《等爱》电影的宣传，其中人气的男女主角受到了格外的推崇，对原作者的报道一句带过，而新闻下的评论中，有一条吸引住了他的目光，评论中说“《等爱》的作者真是修了八辈子福，才能让我们家的刘晨来演！”不仅如此，这条评论还得到了很多粉丝的拥护。易晓生气不打一处来，回复了这条评论——“你家刘晨能演《等爱》真是修了八辈子福气”。想了想还不够解气，又补充了一句——“叶一朵支持你！”想了想，又补充道——“叶一朵我是你的脑残粉！！！”看着三个感叹号，易晓生一脸严肃满意地点了点头，抬起右手手背擦了擦下巴，满意地按了回车键。新闻的最后公布了同名主题曲，会由天后云裳亲自演唱，而主题曲发布的时间为中国时区下午的五点，这个时候正是华盛顿的夜里四点。易晓生保存了新闻的网址，关上了网页，将明天需要讲述的设计又重新仔细过了一遍。

叶一朵没有想到自己交给刘长城的歌词竟然可以用，她像是一个小学生般忐忑，在刘长城制作好了曲子后，她婉拒了试听的邀请，她安静地等待着它揭开面纱的这一天，选择和所有人一起聆听。接近下午五点的时候，叶一朵抱膝坐在电脑前，等待主题曲的发布。

屋外的夕阳斜落，它见过山川大地，它见过飞鸟鱼虫，它见过聚散离别，它对世界的万般变幻司空见惯。它的余晖洒在酒店的窗户上，也洒在抱膝的姑娘身上，温柔依旧。

《等爱》的主题曲在屋子里逐渐响起，电影中一些精彩的画面也在电脑屏幕中徐徐展开，那些歌词与歌曲的融合宛若天成。叶一朵蓦地又想起相隔千万里的易晓生，她想易晓生这样的“优等理科生”或许永远不会关注这样的情感电影，更不用说这首主题曲了，尽管她自己在写那些歌词的时候，满脑都是有关他们的回忆，但是她明白这些回忆如今只是自己一个人的了，她除了不打扰之外，什么也做不了，这首主题曲似乎成了胎死腹中的爱情的墓志铭。她曾经有勇气去和初恋道别，求一个光明正大的了断，而如今擦肩而过无疾而终的爱恋呢？感情的事情，她可以想得明白又透彻，道理讲得深入又浅出，但是她不能爱那个人，却也忘不掉那个人，而那个人始终住在自己的心上，这才是最糟糕的。

易晓生起床后洗漱完，离直播时间还有两个小时，他打算打开电脑调出昨天保存的网址，却发现手机中很多论坛、媒体都在发布、转载电影《等爱》的同名主题曲发布的新闻，他坐在餐厅靠窗的角落里，打开已经缓存好的 MV，插上了耳机轻轻戴上。

路灯下的你

影子被我踩呀踩

好像从来没离开

时刻会经过我窗外

月光下的你

悄悄消失不再

还会不会留一丝丝牵挂

就像我

知道这不是一场意外

……

易晓生突然有种叶一朵在和自己说话的感受，好像这些歌词是叶一朵在耳边说给自己听的一样，然后他又为自己这样的错觉苦涩地笑了笑，心道怎么可能，她那么蠢，怎么会知道自己喜欢她。但是他由衷地为她高兴，虽然他曾经奚落过她“现在编辑都不要业绩吗”，但是那样的嘲弄包含了他多少的暗恋和爱啊，一想到这些，仿佛都发生在昨天，他的嘴角情不自禁地浮现出了一丝笑容。他侧窗而坐，塞着耳机，低头微笑，这样的一幕正好被一边的记者拍了下来。

拍照片的记者是国内唯一一家拿到授权的杂志社的驻美记者，由于本土的中国设计师只有易晓生这么一位，而之前的邀请采访等完全石沉大海，因此他从易晓生走入餐厅的时候，就已经进入了“狩猎”模式。易晓生自然浑然不觉，等到他发现的时候，这首曲子已经欣赏完毕，他开始专注地吃着早餐。

“您好，我是优格杂志社的驻美记者迈克刘，能和您一起用早餐吗？”来者是个三十岁左右的充满活力的男子，戴着鸭舌帽，穿着口袋很多的工作背心。

易晓生虽然对于这些采访露脸的活动并不感冒，作为一个成年人，他明白今天的直播对于这个行业、曼安集团以及好不容易拿到独家采访权的中国本土杂志意味着什么，既然对方已经很有礼貌地找上门来，他自然没有高冷拒绝的道理，便点头请他入座。

迈克的提问并不急迫，反而是将刚刚抓怕的几张给易晓生看了看，问他是否可以用。在这次的媒体采访中，易晓生压根就约不到的消息不胫而走，迈克以为他十分难搞，没想到易晓生并没有刁难什么，反而是很配合的态度，表示可以。接下来的时间里，他直言自己带着任务而来，而接下来易晓生要做的设计展示直播其意义他自然明白，所以他不希望自己在这么紧张的时刻里打乱他，他礼貌地问他是否可以在直播结束后再约时间。易晓生也万万没想到采访的记者会如此有礼貌，便和他约了第二天的时间。迈克没有食言，得到了约定的时间后，便识趣地告辞。

易晓生用完早餐后，又习惯性地喝了一杯咖啡，这一次他没有悠然自得地慢慢品味，喝了大半杯后，他深吸了一口气，用右手手背蹭了蹭下巴，起身往会议厅方向走去。他的职场生涯就像是在修学分，那些实习的经历、曾参与过的设计、独立的设计工作室……终于把这些学分修满了，他迎来了最重要的一场考试，他踌躇满志，却又云淡风轻。

某视频直播网站买下了中国的独播权，除了关注建筑、酒店这类专业的圈内人士外，更多的点击者来源于好奇又花痴的女生们，她们无比期待易晓生的作品展示，更有人在热门论坛里创建了直播贴，在直播之前的一个小时里，已经达到了数十万的点击，什么时差什么熬夜，统统都被忽视了。

叶一朵是在吃早餐的时候，看见了电视上的新闻，作为曼安集团旗下的酒店，这个新闻报道似乎占据了餐厅的电视、电梯内的电视、大堂里的电视等，连客房内的 iPad 上都有默认的链接，她咬下一口热乎乎的蛋挞，酥皮碎得满下巴都是，一抬头看见电视新闻里正播着新闻，内容是第二轮的筛选中只留下了三位设计师的方案，而中国本土设计师易晓生正是其中一位。这无疑是一桩喜事，自然，叶一朵一打开相关论坛，头条都是有关易晓生的，而《优格》杂志更是在官方微博 PO 出了一张易晓生的照片。这张照片正是易晓生用早餐前，专注地看着手机屏幕，耳朵上戴着耳机，嘴角浮着一抹微笑的侧影，光影度抓得恰到好处，果然这样的微博下面一片花痴口水声，也有保持冷静的围观群众指出，易晓生流露出这样的表情，大有可能是在和女朋友打电话。叶一朵看见这样的留言，迅速退了出界面，假装什么也没有发生，将剩下的半只蛋挞吃完，可惜蛋挞已经凉了，她努力咽下去，只觉得自己以后再也不想吃蛋挞了，还是提拉米苏最好，想到提拉米苏她又不可抑制地想起了易晓生，然后为自己这样不争气的想念恨铁不成钢地叹了一口气。

回到了屋内，叶一朵打开 iPad，发现推送的正是关于易晓生的设计展示视频，而网站似乎也已经剪辑好了，分为二十五位设计师的设计展示，以及入围的三位设计师的作品展示精华版。叶一朵靠在沙发上，将 ipad 放在靠垫上，犹豫了很久，终于滑动解了锁，点击了精华版的链接。

易晓生穿着浅色亚麻的衬衫，他的头发比从前略长了一些，似乎也瘦了一些，依旧面无表情，但他面对镜头的眼神却又是那么的坚定，一瞬间，叶一朵觉得他好像是在看自己，她将画面定格在了这一瞬，然后轻轻摸了摸屏幕上他的脸。这一次，他们近在咫尺，她可以好好地大胆地看看他了，叶一朵觉得这样的机会竟然是如此来之不易，她的思念她努力压抑的爱意都浮上了心头，她看着他熟悉的脸庞，将平板搂进了怀里，久久舍不得动。

易晓生的表现可圈可点，和年长自己的竞争者们比起来，他并没有体现出年少的轻狂，他对前辈的尊重，他对其他人中肯的点评，他对自己作品的诠释，尤其是在优点的展示上，并没有通过贬低其他人的作品而突出自己，相反他表现出与年龄不相符的沉稳，举手投足间的自信与他的设计相得益彰。

“……我所要表现的是安静的、平和的居住氛围，抛开专业的术语，用一句话来概括我的设计，那就是——爱，是不失去自我的等待。”

叶一朵对易晓生最后的总结陈词回味了很久，她觉得这更像是说给他自己听的。在他等待她的过程里，他并没有迷失过他自己，相反，他默默地守护，不打扰的决定，都是不愿意迷失自我的表现，而这也表现恰恰是对她、对他自己以及付出的感情的最起码的尊重啊。叶一朵在这一瞬间，突然释然了许多，或许她无法忘记他，但是好在，她没有迷失过自己，她不会作为一个第三者插足他的世界，也不会放纵堕落自己，她也应当像当初的易晓生那样，只有这样的自己才是闪闪发亮的吧？

易晓生接受优格杂志社的专访视频隔天便播了出来，叶一朵和众多女粉丝一样，守在电脑面前，到了时间点后，就开始不断刷新，终于刷到官方微博放出视频。

视频里的易晓生反而穿得挺正式，白色的衬衫，黑色的西服，记者打趣问他：“为什么穿得比设计展示会上更正式？”

易晓生对着镜头无比认真地说道：“我看大家都很正式。”正因为他的一本正经的回答，反而显得更加有趣和平易近人。

镜头立刻切换到了记者身上，迈克已然不是头一次和易晓生见面的时候的打扮，他此刻更是一个主持人的角色，穿西服打领带，还带着领结，的确比易晓生还要正式，再看看周围人的打扮，似乎因为第一次参加这样隆重的采访，连摄影师大哥都西装笔挺，听见易晓生这么说，大家都笑了起来。

迈克问了易晓生对于几位虽然是落选者但是他们都是业内著名设计师的设计作品的看法，易晓生的回答既尊重了前辈也不失真诚，自然，这些都被女粉丝们自动过滤，而大家都在弹幕中表示“天啊，他穿正装迷死人了”“他刚刚笑了哎”“晓生晓生，我要给你生猴子”……当话题切入到迈克问易晓生：“您所阐述的设计理念是——爱，是不失去自我的等待，这样的灵感来源于哪里呢？”

易晓生想了想道：“过去。”

迈克接着问道：“这样的一个理念，让很多人会自动地联想到有关感情的领域。我想问，您的这个灵感，是否是受到某段感情，或者某位姑娘的影响？”

易晓生看着摄像机，毫不否认地点头道：“是的。”

弹幕中的评论主要集中在——“心碎了一地”以及“哪个小婊砸这么不讨喜”里。

“她现在在您的身边吗？或者，您现在还是单身吗？”迈克试探性地问道。

叶一朵突然间按了暂停键，怒不可遏地将平板摔在了沙发上，吼道：“秀恩爱啊，能耐了哈，秀恩爱直播哈，能耐了哈，易晓生，死不要脸！”说罢并不觉得解气，拿起靠枕，对着平板猛砸了一气。

坐在地毯上气喘吁吁的叶一朵当然明白，她没有勇气去看易晓生在她面前谈论这些，即使，人家易晓生并非是对她谈论。

20

叶一朵最终还是回到了家里，此时已经初冬，枫叶红了一片，梧桐树叶也掉了一地，她经过易晓生家的门外，见到门口的邮箱里溢出了信件，铁门的棱上也布满了灰尘，院子里杂草都已经枯萎，看样子易晓生期间并没有回来过，一片荒无人烟的模样，如同叶一朵的感情世界。

叶一朵低下头走过他的门外，心里琢磨着他在美国的那个什么设计应该早就结束了，网上的报道说最后一轮是在今年年末，他早就回来了才是，再转念一想，他的女朋友就在国外，这次因公因私都会留在那边吧。而《等爱》在年底即将上映，叶一朵的下一本书只提交了一个大纲，便被出版公司预定了，她现在或许真的有点像当年她对易晓生形容的“烫手山芋”了，但是那个纠正她成语用错了的人，却再也回不来了。

叶一朵的电影上映显然没有在学霸家庭引起过高的关注和赞赏，叶母倒是反常地很开心，她对叶一朵是这样说的：“现在你可以不用再向我要零花钱了。”叶一朵表示其实自己根本没有什么钱，还得问她要的时候，叶母显然不愿意搭理她，满眼写着“你当你母亲傻吗”的表情。

让叶一朵意外的是，竟然有一家电台向她发出邀请，请她做一个电台访问，虽然后来得知是原本邀请演员档期排不开，制片人便让叶一朵去了，但是叶一朵还是有点小激动，这可是头一次正儿八经地做访问，她去买了件衣裳，对着镜子打扮了很久。叶母端着咖啡站在她边上，冷静地说道：“电台是不会露脸的。”言毕，叶一朵站在镜子前无语凝噎。

叶一朵接受电台采访的那天，走在满是圣诞气息的街道上，看见小区外的一家花店门外放着出售的圣诞树，一个年轻的男孩儿付了账正在琢磨着如何弄回去，抬了抬又拖了拖，最终决定扛回去。叶一朵目送他远去的身影，她突然想起，当初易晓生也是用同样的姿势扛回去的吗？她想起他一本正经不食人间烟火的样子，却有这样的举动，忍不住笑了起来，花店门口的老板娘看见她笑着，也冲她笑了笑，叶一朵才发现自己有点傻，点了点头，有些不好意思地上了路边的出租车。

第二轮的设计结束后，接受完采访，易晓生就已经回了国，他直接飞到了Z市，忙碌着工作室的事情。虽然曼安最终的第三轮还没有进行，但是易晓生在圈内着实是又火了一把，很多生意都找上了门来，杜可不得不一边又多招聘了一些人，一边又仔细地挑选衡量相关设计，这两人倒是在公司的发展上意见出奇的一致，他们并不希望为了盲目扩张自己的公司，而胡乱接设计，毕竟现阶段资金都不是问题了。

最后一轮的竞标，是在十二月底，易晓生为此准备了很久，为了能有更好的状态面对，他十二月初决定回到S市。出租车的司机正听着广播，广播里的主持人正在切歌，说道：“今年圣诞档期，由当红偶像主演的《等爱》主题曲一经发布后，迅速成为了年度热歌，不多说了，让我们一起来听听这首《等爱》，希望各位听众朋友们，能等到你们的爱。”

一到S市，易晓生觉得遍地都是叶一朵，连出租车里都无法躲过，只得无奈地笑了笑，他望向车外，他曾载着她穿过的大街小巷，他曾带着她寻遍的提拉米苏，他曾帮着她做过的无数习题，他曾经，不，他一直爱着她，无法忘怀，哪怕已经那么久那么久，不曾联系，她还是牢牢地住在自己的心上。

世间最痛苦的是什么？不能爱，不能忘。

“如果失去了自己的我和你

那样的等待

怎么能算是爱

……”

传来的《等爱》的主题曲，易晓生可以倒背如流，这首歌陪他度过无数个夜晚，没有她的日子里，这首歌就像是当年黑夜中遥遥相望的她书房里的那盏灯，给他慰藉让他不觉得孤单。他的叶一朵，终于长大了，坚强了，她学会了拥有独立的人格，然后去爱。真可惜，这份爱并不属于他自己。

出租车一路从机场驶向他家的方向，快到小区门口的时候，他看见了路上有一个小伙子扛着圣诞树有些吃力地走着。这样的一幕让他心中的苦涩蒙上了一层酸楚，他好像看见两年前的自己，没有责怪，没有埋怨，他所有的情绪都被思念吞噬——小朵，你还好吗？他不能问，不敢问，他怕他问了她，自己就不愿意像从前那样转身离去。

叶一朵的访问被安排在了下午三点，叶一朵喝完了焦糖玛奇朵，节目正好开始，主持人十分友善，所有的问题基本上都是之前给叶一朵的提纲上的，只是到了末尾，她才有试探地问道："恕我冒昧，叶女士，我拜读过您的作品，您对婴儿的描写十分细致真实，您是有这方面育儿经验吗？"

正在驱车前往曼安集团旗下的易晓生打开了收音机，调频时听见了主持人的一句"叶女士"便停了下来，他听见下面的问题，手指头落在按钮上，音频那边果然传来了他思念已久熟悉不过的声音。

"当然……"叶一朵的声音带着笑意。

易晓生自嘲地笑了一声，对司机道："请换个台吧"，司机从后视镜看了看他，随后换了下个频道，频道里传来两位主持人互相打趣的内容，易晓生抬起手蹭了蹭下巴，仿佛松了口气。

叶一朵继续说道："在创作剧本的时间里，大部分待在姐姐家里，和姐姐的小孩子相处的时间很多，所以写起这方面内容很顺手。"

主持人笑着点头，又问道："您对于爱情的理解上，是否基于自己的经历呢？很多听众朋友们或许和我一样，都很好奇，言情小说家是否谈过很多次恋爱？"

叶一朵笑了起来，"那么侦探悬疑小说家得遇到过很多命案怪事了？"主持人也应和地笑了起来，叶一朵继续道，"写小说的人大概都有丰富的想象力和善于发现的心吧。"

她后来的访问，易晓生自然没有听下去，她也不会知道那千千万万的听众中，她最在意的那个人没有听完。

为了筹备最后的方案，易晓生被安排在了曼安集团旗下的度假村，要住到圣诞节后，而他所住的房间，正是之前叶一朵曾闭关写稿子的地方。易晓生的整体设计已经全部完成，只剩下细节上的细微调整，对于自己专业的领域里，易晓生一向苛求尽善尽美。

今年的平安夜，天空晴朗，并没有下雪的迹象，但这丝毫不会冲淡这个节日带来的浪漫气氛。教堂门外排起了长长的队伍，时不时有赞美诗的歌声传出；商场门口冒出好多个圣诞老人，发着不一样的广告传单；街边随处可见抱着玫瑰叫卖的小贩，尽管玫瑰和这个节日是不搭边的。

叶一朵正在赶往首映的影院，今天在那里会有一场阵容最大的活动，尽管她是凑数的，但还得到场。好在作为一个作家，她的脸辨识度十分低，所以她挂着工作人员的牌子，绕过粉丝们的包围，顺利进入后台。叶一朵和大家打了个招呼，便安静地待在一旁。

易晓生换好衣服，整了整衣领，向会议室出发，尽管他成竹在胸，却还是全力以赴，这是对他自己的尊重，也是对对手的尊重。

会议室里的评委比第二轮的时候还要多，各种肤色，各种人种，如果叶一朵在的话，一定会打趣“哟，联合国开会呀这是”，想起叶一朵，易晓生又情不自禁地笑了笑。取得直播权的媒体不过五家，安静地待在媒体区，大气不敢出。

另外两名对手，一位来自日本的伊藤常青，一位来自德国的尼尔斯，三人见面后，互相点头示意，并没有多余的寒暄。抽签后的顺序是尼尔斯、易晓生和伊藤常青。

尼尔斯的作品整体上体现了德国人一种严谨的风格，他选用的是特征十分强烈的巴洛克风，乍看之下过于严谨较真的风格，在达到一种极致后，反而会让人觉得浪漫。在这一次的论述展示中，他对于每一个房间的设计里，又展现出了不一样的特征，融合了哥特式、罗曼式等，无处不体现着古典主义的美。即使作为竞争者，易晓生对他的设计仍给予了很高的评价，但是从这一次的命题来看，易晓生则认为这样的设计有些偏题，优雅中可以浪漫，因为主题是优雅，而浪漫中优雅则颠倒了本末。

易晓生的设计通过 3D 的画面展开在了评委们面前。秉承他整体的设计风格，整体采用了中式简易风格，没有用到大量的立柱等特征性非常明显的中国特征，而是将整体布局成了园林特色，两角则是四合院套房，而单间的设定则依山傍水，保留了原有的大量植物树木，只需要做到轻微的移动，则可以实现一步一景，开窗见景的效果。每一间房内则在细节上做出改变，实现了每个房间则有不同的体验，而这二十四间单房，根据不同的方向、位置，则用二十四个节气命名。对光影的调度运用上得心应手，朝阳和面北的界限被建构的浑然天成，仿佛这些建筑仅仅是住客和自然的媒介。让易晓生最骄傲的是餐厅的设计上，餐厅在湖中央，通过一座石桥抵达，石桥的设计十分巧妙，从远处看植物将其遮挡，好似餐厅悬浮在湖中央，一副大隐隐于市的做派。将优雅展现到了极致。

日本的伊藤常青的设计，则完全是日本风格的展现，从画面打开后，仿佛就给会场施了一种叫作安静的魔力，景观的设置中利用了对称的原理，原木且线条感的设计理念，让人都不敢大声呼吸，好像自己的到来会随时打破这样的宁静的美感。而每一间的屋内设计，他贯穿的是茶道文化，灯光和屋内的摆设十分简洁，却相得益彰，毫无疑问，在优雅的理解上，伊藤常青和易晓生都选择了用东方之美来诠释。

评委们在简单的讨论后，针对三位设计师都提出了很多问题，很明显的是越到后来，问题越集中在易晓生和伊藤常青身上，而更多的人认为两人在全是优雅的时候，认为充满东方文化的茶道“和清敬寂”更有意境、耐人寻味。

最后，曼安的总裁威尔斯先生对易晓生问了这样的一个问题：“你和伊藤常青在诠释我们提出的命题‘优雅’的时候，都选择了东方式的平静来展现，对吗？”

“是的。”易晓生回答。

“那么，我想问的是，你的平静和伊藤常青的平静，有何不同？当然，我觉得你们的设计都美死了。”威尔斯笑着道。

这样的一个问题，看似像威尔斯在“讨教”，实则是他的考验，稍有不慎就会自己让自己出局，而这个问题的答者，则更不讨巧，所有人都安静了下来，将目光投向易晓生。伊藤常青的目光里充满了好奇和期待，他并不希望易晓生过多的帮自己，相反，他期盼他能为了自己上位出口贬低自己，只有这样，在旗鼓相当的时候，他才有可能脱颖而出。

易晓生显然知道这个问题的分量，不菲的佣金、无量的前程、打响的品牌……但是如果将这些都考虑进去，他便无法心无旁骛地去思考这个问题。只是停顿了几秒钟，易晓生缓缓道："我所展现的，是中国元素的美，伊藤常青所展现的是日本的美，这两种美，就像是两国的人，都是亚洲人，有着很多重复的历史文化，都会追求内心深处的平静，也都喜欢禅文化。但是区别，自然是有的。中国的美，讲究的是内敛，希望人也好对待事物的态度也好，都是不以物喜不以己悲；日本的美，追求的是禁欲，对待人也好事物的态度也好，讲究的是自我约束。大学的时候，曾经旁听过中文系对比文学的课程，讲到过一个有意思的现象。在英雄的塑造上，亚洲文化更倾向于塑造"神"化英雄，英雄不能有缺点，不能有七情六欲；而欧洲的文化里，则更追求"人"化的英雄，英雄有很明显的缺点和破绽。放在今天的问题里，中国的美，虽然收敛，却是"人"化之美，讲究树欲静而风不止的互相影响；日本的美，是约束之美，讲究的是极致的禁欲，是"神"化之美。"易晓生的这段话，不仅仅回答了威尔斯的问题，也算旁征博引阐述了他对中国日本美学的理解，更重要的是，他没有因为历史原因、个人原因而有失偏颇，他没有讨好谁没有贬低谁，相反，他从论述中透露了对自己国家文化的尊重和自豪，也表现了对它国文化的包容和欣赏，如果没有强大的知识储备量，没有宽阔的心胸和见多识广的眼界，是无法在短时间内做出这样的回答。

威尔斯没有鼓掌，他只是微笑着点头，但是目光里却流露出对那番话的咀嚼和深思。伊藤常青没有想过这样的问题该如何回答，但是在听见易晓生的回答后，身旁的翻译，将他的回答告诉他的时候，他有些震惊，作为一个设计师，他竟然没有思考过类似的问题，反而抱着一种等对方出丑的态度，这一刻他有些自惭形秽，然后对着易晓生深深鞠了一躬，说了一句："谢谢！"

易晓生颔首，并非因为对方大张旗鼓的感谢而失态，也没有以鞠躬的形式回敬过去，毕竟在中国文化中，颔首这样的高深莫测的动作有着很多层意义。

三人的展示结束后，便是一个小时的休息调整时间，评委们会在这一个小时内给出最终的答复。

《优格》杂志一直负责此次项目的迈克刘，从美国一直到中国，目睹了全过程的他，见到易晓生走出会议室，急忙跟了出来，将话筒推到他面前，问道："刚刚的回答实在太得体太精彩了，请问在刚刚的回答之前，您一直是在保留实力吗？"

易晓生停住脚步，真诚地回答道："没有，从一开始我就没有保留实力。"略一顿，补充道："我如果输了，是我实力不够，如果赢了，是我全力以赴得到的。不会给自己留下遗憾，也不会不尊重对手。"

迈克刘没有想到他会这样回答，但是这样的答案，却让人不得不由衷感慨，输得起的男人果然很有魅力，想必这样的回答，会让那些女粉丝为之疯狂吧，别说女粉丝了，迈克刘经过这几次简单的访问，都被易晓生的人格魅力所吸引。因此，他更好奇这样的男人会喜欢什么样的女人？什么样的女人才能配得上他的爱？迈克刘跟着易晓生来到了餐厅，一边喝着咖啡一边等着结果，有一句没一句地聊着，电视里正放着一直关注度很高的圣诞档期影片《等爱》的首映仪式，已经进行到了大半，从电视里就能感觉到现场粉丝们的热情。服务员识相地走上前来，低声询问："需要换个台，或者关掉电视吗？"出于种种考虑，他又补充了一句："因为这部影片的很多外景，是在我们的酒店里取景，所以我们也会跟着宣传。"

易晓生抬头直视电视屏幕，目光中透着专注，轻轻摇了摇头，目不斜视道："请把声音调大一些。"让一旁的迈克刘也瞠目结舌好奇怪，这样不食人间烟火的男人也会看娱乐性的节目？

电视中的首映式已经进行到了明星与粉丝互动的环节，主要是粉丝可以向明星提问，台上星光闪耀，闪光灯不断，男女主角的风头自然无人可比，摄像机偶尔给了一个全景的时候，便可以看见虽然在台上，但是俨然被星光淹没的角落里，叶一朵托着下巴好像很专注地听着大家的发言，还时不时点头，只有易晓生看见在群星闪耀中不起眼的她的这副模样，知道她早就神游在千八百里以外了。

粉丝们有问关于影片的，有问关于男女主角情感话题的，终于观众席中有一个人站了起来，自称是叶一朵的读者，要向叶一朵提问，直到主持人便将话筒给了叶一朵，叶一朵还是有些吃惊，心想着莫非是出版商雇的人？怕自己被冷落太难看？

读者起身问道：“书中的女主角最后发现男主角其实是爱自己的，但是她已经嫁作他人妇了，您为什么会选择这样的一个结局？而不是大团圆的结局？我们更期待这样的男女主角能走到一起。”

叶一朵低头笑了笑，心想，还真是货真价实的读者呢。握着话筒认真地回答道：“这是小说中的结局，至于电影中是一个什么样的结局，大家还是眼见为实最好。我个人在创作小说的时候，让男女主角走到这样的一个结局，是故事情节走向的必然所致，如果你想知道有没有我的私心？有没有遗憾？坦白说，有。”她顿了顿，低头看了看手指头，她想起了易晓生，她情不自禁地抬起了手背，蹭了蹭自己的下巴，那个易晓生最习惯地动作，在没有他的日子里，她默默地做过很多次，好似这样他还在。她想起自己愚蠢又迟钝的发现，继续说道，“生活中，有太多的幡然醒悟是在真相已经尘埃落定之后。”

一旁也在用着咖啡的两位客人看着电视，轻轻议论着——

“别说，这个作者长得还挺好看的。”

“我以为写书的都是长得丑的呢。”

……

易晓生不动声色地看了看他们，又将目光转了回去。

“当你发现自己爱上一个人的时候，那个人并非会在原地等你，那个人也并非如当初孑然一身，你要做的不是以爱之名去表达你迟到的爱，而是应该提醒自己，不要以爱之名去打扰他们，因为，你已经晚了一步，错过了就是错过了。”叶一朵的声音里透着一股子无法掩饰的动容。

提问的观众继续问道：“生活中，您遇到过类似的事情吗？有类似的经历吗？”

叶一朵抬起头，沉默了一会儿，镜头里，她的眼睛里泛着一层水雾，扯了扯嘴角，并没有通过回答技巧绕过这样的问题，很坦诚地回答道：“一个对我很重要的人，曾经告诉我：失败了，要靠自己走出来。对于女主角来说，她最大的失败是发现了自己迟到的爱，但是她也应当好好面对接下来的生活，我认为，这才是生活。有爱，也有爱莫能助。”她的声音慢慢低了下去，全场却格外安静，“这是对他当年的爱、她自己的爱，他们阴差阳错的爱的最好的报答——过好自己的生活。”叶一朵又想起了易晓生，不知道为什么，她总觉得易晓生离自己越来越近，好像一转身一抬头就能见到，她宽慰自己那是因为又到了圣诞节的缘故吧，回答完这个问题，那种只属于她和易晓生之间的感觉又将她笼罩起来，她的声音有些无力，她抬起头，冲那位提问者点头致谢。

很快有人开始鼓掌，而那位提问的读者似乎并没有坐下去的意思，他握着话筒问道：“一朵，你在现实生活里，和现在的另一半，有没有故事中的那种阴差阳错跌宕起伏的经历？”

镜头又一次给了叶一朵特写，她将额前的碎发别向耳后。

“时间差不多了……”迈克刘低声提醒易晓生。

易晓生放下手中的咖啡杯，往门外的方向走，他靠近了悬挂在墙壁上的电视屏幕，叶一朵的脸两年来第一次如此靠近在他眼前，她胖了一些，虽然化了妆，却很得体好看，和从前一样，只是眼神更坚定了一些。他并不想听她的回答，他只想像现在这样远远地、近近地祝福她，为她做出的成绩默默地高兴。而他自己，也要去做出自己应该有的成绩。

“我并没有另一半，所以也没有你说的阴差阳错跌宕起伏的经历。”叶一朵的声音，在易晓生与屏幕擦肩而过的时候传了出来。

易晓生突然刹住了想要离开的脚步，不可思议地缩回了脚步，怔怔地看着屏幕，面露惊诧。

“那你有喜欢的人吗？”提问的读者似乎并不想就此打住，抓紧时机继续问道。

易晓生死死盯着屏幕，电视里主持人机警地打了圆场道：“很抱歉，我们只能回答与影片相关的问题噢，你已经知道的太多太多了。”

不等主持人说完，易晓生对不远处的服务员道：“你知道这个首映式是在哪里吗？”

服务员连忙回答道：“万达影院啊，就是市区里的那个，靠着……”

易晓生当然知道那个影院在哪里，他和叶一朵去那里看过电影，他才不管这个问题叶一朵是什么答案，因为叶一朵她现在是一个人，她刚刚说她是一个人！他原本已经如秋叶般死寂一片的爱，瞬间变得比夏花还灿烂，那些荒芜的内心深处，一瞬间变得生机勃勃。

“易先生，你这是？”一旁的迈克刘看见他走出去的方向，和会议室完全相反，“还有十分钟，就要宣布结果了。”

易晓生一边加快了往停车场去的步伐，心情大好地回头对跟着自己一路小跑的迈克刘道：“你追过星吗？”

迈克刘采访过不少明星大人物，但是说起追星，还真没有过，所以有些摸不着脑袋地问道：“没有追过，怎么，你追过？”

易晓生竟然打趣起来，这可是迈克刘从来没有见过的模样：“叶一朵。”在迈克刘完全一副“什么情况”的表情里，补充道：“就是刚刚电视里的那个姑娘，我是她的脑残粉。”

迈克刘一下子愣在原地，他被几个字完全击溃了三观——追星、脑残还粉……这几个字竟然是从易晓生口里说出来的，他赶紧摇了摇头让自己清醒一点，追了上去问道：“你现在去追星，但是结果就要揭晓了！”

易晓生找到了自己的车，丝毫没有犹豫要留下，迈克刘也显然不愿意失去采访他的机会，比起大家都会知道的结果，易晓生的这样“反常”才是新闻的关键点啊，而且他内心更加好奇，这样成熟稳重的男人追星起来会怎么样？这样才是新闻。他连忙拉开副驾驶的车门，钻了进去。

易晓生一边发动了车子，见迈克刘坐了进来，有些意外。

“我可以搭把手，到时候要是有其他人跟你一样是追星的，我可以拦着他们！”迈克刘连忙解释，生怕易晓生将他赶下车。

易晓生没有再阻止，抬手蹭了蹭下巴，将手落回方向盘之际一脚油门踩了出去，风驰电掣地往万达影城方向驶去。

已经回到会议室的另外两名设计师，都已经入座，离约定的时间还有五分钟，威尔斯笑着对伊藤常青问道：“我很好奇，你如何看待易晓生和你自己的作品？”

伊藤常青在听见翻译传达给自己之后，想了想道：“我非常赞成之前易先生对我和他作品的评价，其中的观点非常精彩独到，但是我认为，日本的约束之美，更显浪漫。优雅而不失浪漫，是我根据你们的命题而追求的东西。”

威尔斯听后，微微一愣，随后对浪漫二字又咀嚼了一番，才想起来问道：“易设计师人呢？”

易晓生的车子缓缓地行驶在市区以内，他拨通了威尔斯的电话，他轻松地说道：“非常抱歉，威尔斯先生，我没时间回现场听结果，因为我要去见我心爱的姑娘，我错过她很多年，这一次不会再错过了。无论最后你们的花落谁家，我都感谢您感谢曼安集团给我展现的机会，非常感谢。”他说这话的时候逻辑清楚、礼貌得当，让一旁的迈克刘又一次受到了冲击。

威尔斯并没有生气，反而哈哈哈大笑起来，随后问道：“我们原本商量的结果就是采用你的设计，但是你本人没有到场，我们将换一位设计师。不过，易设计师，我可以给你一点时间，你调转车头就好。”

易晓生的车载电话将威尔斯的话放的很清楚，迈克刘紧张地看着他，要知道，这是全世界建筑业都在瞩目的事件，他努力了那么久，只是最后一步，就可以收入囊中。

“谢谢，不用了。”易晓生微笑着说，不是赌气不是冲动。

迈克刘又一次被重击，觉得自己失去了思考的能力。

威尔斯并没有挂断电话，他的笑声反而更加爽朗了，不断地说着一句话“so romantic！”等到他平复下来，才道，“开个玩笑，我们要的是作品，你的作品打动了我们，完全符合我们的要求和期待，怎么会因为这个拒绝呢？”末了，他不忘补充了一句没来由的话，“一个如此浪漫的设计师，他的作品怎么会不浪漫？”

易晓生没有深思他的话，收了线之后，继续行驶向目的地。只是迈克刘实在忍不住了，问道：“如果威尔斯并不是开玩笑，而是你不到场，真的会易主，你不会后悔吗？”

易晓生偏了偏视线，问道：“为什么后悔？”很快他像想起了什么美好的事情一样，笑了笑，“难道我实力，给曼安集团设计酒店就是人生巅峰了吗？”他笑了起来，心情大好，“设计错过了，还会有，她错过了，就不再有了。”

迈克刘突然觉得很感动，一拍大腿道：“真浪漫！”

首映式结束的时候，男女主角退场，却仍旧被很多粉丝热情包围着，叶一朵则是顺利地抵达了停车场，和制片方一起坐进了车里，车里的音频中正放着新闻，主持人播放新闻的语气中，充满了兴奋地喜悦——最新消息，曼安集团于S市新区所建造的酒店，最终设计采用的正是我国本土设计师易晓生易先生的作品，而从现场传出的消息是他并没有在场，神秘消失了，这让很多关注此次设计项目的粉丝们，十分好奇和焦急，纷纷猜测易先生到底是出了什么事情，才会突然离场……

易晓生的车子快速地驶入地下停车库，与叶一朵所在的车辆擦肩而过，两人都未察觉。

等到易晓生停好车，看了几团簇拥着的人群，连忙往里挤进去，一旁的迈克刘也跟着他一齐往里头挤，被挤开的几位女粉丝看见他们俩，不满道：“一把年纪了还追星！”“大叔，你们跟我们挤什么挤啊！”拨开近乎疯狂地要签名要合照的粉丝，易晓生才发现这拨人围绕着的正是女主角刘晨，他赶紧又往外退，被挤着的女粉丝埋怨道：“你会不会追星啊大叔，来了又走的！”易晓生只好尴尬地连连说抱歉。

可能是职业的关系，迈克刘倒是身手矫捷地很，立刻钻入到了另一个人群里，发现这里簇拥着的是影片的男主角，于是他连忙在人群中示意易晓生不要再挤进来了，虽然瞬间就被疯狂的女粉丝们挤得面目全非。

易晓生连忙抓住就近的一个女粉丝问道："叶一朵呢？"见对方一脸疑惑，补充道，"那个编剧，那个女作者。"

粉丝一边不耐烦地挤开他的手，一边敷衍道："早就走了，谁管作者啊。"

易晓生退出人群，又往自己的车里走去，停车场里全是粉丝，车子根本无法行驶出去，他立即又下了车，往外头追了出去，马路上皆是来往的车流，他根本无法判断出叶一朵离开的方向，他一边喘着气，一边突然笑了起来。他觉得世界一下子是这么的美好，他终于又重回赛道上了。叶一朵，他这一次一定不会放她走了，他一定要找到她。他突然觉得自己太蠢了，他取出手机，拨通了那个最熟悉不过的号码。

坐在车内的叶一朵，听见新闻里这样报道易晓生的突然离开，她的心里猛然一揪。易晓生对待事情的态度向来十分稳重，从来不会做什么掉链子的事情，什么说走就走的旅行在他的世界里压根就不可能存在，那么只有一种可能性——易晓生出事了！这么重要的、利益如此巨大的竞标中，会不会有人禁不住诱惑，使出见不得人的手段，加害了他？！叶一朵急忙翻出手包，想要打一个电话给他，却发现手机无处可寻。"我手机可能落在会场了，我得回去找找……”叶一朵说道。制片人连忙让司机转头，叶一朵感激地道了谢，一边更加担心易晓生的情况。

易晓生拨通了叶一朵的电话，发现那边并没有人接，于是又播了一次，听见电话那头传来了一个声音。

叶一朵在影院门口下了车，与制片人道谢告别，便往楼上冲去，等了半晌电梯也不来，于是她便绕到了安全通道，三步并作两步往上冲去，等到她爬到五楼，找到了工作人员，说明了情况，工作人员立马反应了过来道：“您的手机被您的男朋友取走了，他说他会带给您的。”

叶一朵无语地一拍脑袋，心痛地说道：“哪来的什么男朋友啊，那是骗子啊！”

服务员辩解道：“怎么可能，他长得可帅了，可有风度了，看起来很有钱的，怎么可能是骗子。”

叶一朵更无语了，对着眼前的稚嫩的少女道：“肯定是骗子啊，现在这年头，骗子什么事情做不出来，为了手机，骗子可以丧心病狂的……”

身后的易晓生目睹了全过程，听到这里的时候，面部表情有些抽抽，实在忍不了了，在叶一朵身后道：“你倒是给我说说，我怎么就丧心病狂啦？”

虽然身处闹市，宣传片的声音、影院自动播报的声音、顽童尖叫吵闹的声音……似乎都在慢慢地淡化下去，身后的声音如此熟悉又动听，她有些担心这是自己的幻觉，不敢转身过去，如果真的不是自己的幻觉，她更不敢转过身去，近乡情怯怕不过如此。她又开始纠结起来，易晓生？是他的声音？真的是他吗？或许不是，是自己的幻觉吧？会不会是他已经死了，现在听见的是他灵魂的声音，所以如此清晰？叶一朵迅速做出了一系列的脑补。

“这屏保的照片，怎么还长痘啦？你不会用 PS 吗？”身后的声音又一次传来，还带着两声“啧啧”的不满。

叶一朵哭笑不得地转过身去，看见了人群中的易晓生。空气中的爆米花香气，顽童攥着的气球飘过，服务生检票的声音……一切都是那么平凡又真实，两年了，他回来了，真的回来了，还劫持着自己的手机，真是……真是好样的。

叶一朵突然觉得自己应该说些什么，譬如“我很想念你”“你过得好吗”“我去过你家里”“我其实放不下你”……但是却不知道从何说起，她突然想起，这位日思夜想的男人并非是孑然一身，所以她耸耸肩膀，故作轻松地说道：“一个人回来的？晓鸥呢？”

易晓生微微一愣，问道：“谁？”

“王晓鸥啊，你女朋友。”叶一朵有些无奈地补充了一句，一边佯装不在意地撩了撩头发，嘶了嘶嘴。

易晓生突然笑出了声，抬起右手蹭了蹭下巴，似乎觉得这话十分好笑，他蹭了下巴后还是在笑，然后走近了两步道："那天你在我家看见她吐，并不是因为我把她怎么样了；喏，她是我妈妈朋友的女儿，会借住我家，我们不是男女朋友关系。"

叶一朵一听这话就来气了："哟，不是你女朋友还能住你家里，还带她去我们的学校玩？还开车送她咧……"说罢一股子酸味弥漫在这两人之间，明明看见易晓生的眼睛里透着嘲笑的意味，但是这两年来的醋可不是一两句就能作罢的，所以尽管叶一朵在克制着，但是脸上的表情却将她内心醋意深深地出卖了。

易晓生终于忍不住，笑着打断他道："哎，废话这么多，你到底要表达什么啊？"他一脸的笑意，情不自禁地抬起手背蹭了蹭下巴。

叶一朵听见这话噤了声，两人之间相隔不远，有情侣走过，她一下子不知道从哪里来的勇气，带着一股子哭腔道："易晓生，我喜欢你啊！"叶一朵见易晓生笑容僵在脸上，一狠心，补充了一句道，"我说，我叶一朵喜欢你！"带着一股子发狠的劲儿。

易晓生走近了两步，故作平静地回道："小朵，你怎么能把你对我的感情，说的这样轻描淡写？"

叶一朵愣在原地，还在思忖着他这话的意思，不想易晓生已经走到了她的面前，双手托起她的下巴，道："我爱你，叶一朵，我爱你。"

21

纵观叶一朵和易晓生之间的感情过程，总结起来其实很简单。那些在外人看来的鸡毛蒜皮，却足以引发他们之间的惊天动地；而那些在旁人看来惊天动地的大事，不过是他们之间的鸡毛蒜皮罢了。譬如他们的重逢，譬如他们努力的互相遗忘却又一触即发的爱意，等等等等。

杜可得知易晓生和叶一朵在一起后，写了很长的邮件给易晓生，邮件的内容里，还包括了目录、引言、正文、结尾，而正文中还划分了好几个主题，来论证两人在一起不合适。但是易晓生并没有回复，邮件发出去两个小时候，杜可终于忍不住，打了电话给易晓生。

当时易晓生正和叶一朵依偎在壁炉旁，有一搭没一搭地说着话。

“晓生，你有没有认真阅读我的邮件？”易晓生啊了一声，正要打开手机邮箱，杜可的声音又传来，“我觉得两个小时应该可以看完的，但是你之所以没有看完，就是因为你恋爱了，你的智力下降了，没有想到你竟然也会有这样的一天。”杜可的声音有些激动，“晓生，你再仔细地考虑考虑……”

易晓生抑制住笑，冷静地打断了他：“我没有看你的邮件。”

“什么？看都没有看。好好好。”杜可有些生气，“那我问你，你不但要负担她，你还要负担她的小孩儿，你想清楚了吗？”

易晓生微微一愣，看了看正在刷手机玩儿的叶一朵，不动声色道：“挂了。”

易晓生看着怀里的叶一朵，觉得她玩手机的样子挺呆的，随后又舒了一口气，还好很呆，这样呆呆的感觉带给他足够的安全感。于是谁也没有想到，易晓生和叶一朵互诉衷肠后的第一场谈话，是如此的庄重严肃。他先起身倒了一杯热水，放在了叶一朵面前的茶几前，叶一朵看了看水杯，抬头感激地看了看易晓生，然后无比熟练地查看着茶几抽屉里的零食，检查着哪些没有过期。

易晓生颇为无奈，按下她的手道：“别看了，回头我再买给你。”见叶一朵一股脑儿地还在找，扳过她的身子，无比严肃地看着她，让叶一朵也有些摸不着头脑，易晓生清了清嗓子，道：“有件事情，我说一下我的态度。”

叶一朵眨了两下眼睛，“哦”了一声，又埋头看食物包装袋上的日期。

“关于孩子的问题……”易晓生的表情是严肃的，声音是沉稳的。

叶一朵头也不抬地问道：“什么孩子？”

易晓生理解地点点头，微微吸了一口气道：“就是你的那个小孩儿……”

叶一朵停下手中的动作，不解地问道：“我的小孩儿？哪个小孩儿？”

易晓生宽慰似的笑了笑，伸手摸了摸叶一朵的头顶道：“去年，我在机场，看见你带着孩子回来吗，还有程然……”他也很害怕勾起叶一朵的伤心事，毕竟带着小孩儿，现在又恢复了独身，想必期间的委屈心酸并非三言两语能说完的，他不是来兴师问罪的，他是来陪她共同承担的。

叶一朵锁着眉头仔细回忆，很快她就明白了过来，一年前她和姐姐全家一起回来，在机场取行李的时候，偶遇程然，没有想到竟然会被易晓生碰上，想到自己因为看见他和王晓鸥的种种而产生的误会，所以这些日子以来，易晓生的心境恐怕和自己是一样的吧？她心里涌出无数感动，却突然蹦出捉弄他的念头，她低下头，咬着唇，半晌才道：“孩子，在美国，没有跟我一起回来，我很想念他。”因为内心深处实在很想笑，因此低着头的叶一朵声音有些颤抖。

此情此景落在易晓生的眼睛里，他上前一把将叶一朵搂进怀里，道：“我们把他接回来，我会好好待他，视如己出，一切都过去了，一切都会好起来的，我陪着你。”他拍着叶一朵的肩膀，柔柔地真诚地说道。

叶一朵在他的怀里咧开嘴无声地笑着，却感觉到易晓生将她搂地更紧了。“我追着程然到了美国，还生了孩子，真的没有想到，他竟然始乱终弃，背叛了我，我只好拼命写书，还好我才华横溢，有了今天的成就……”说着说着她实在忍不住，颤抖地更厉害了。

易晓生双手将叶一朵搂住，一边道：“你本来就很有写作的天赋，又这么努力，成功是迟早的事情，至于程然，除了杀了他，你想要我怎么做帮你出口恶气都可以，当然，我觉得一日夫妻百日恩，既然你有了我，以后肯定会更好，那已经是给他最狠的报复了。”

叶一朵握住易晓生的手，低头道：“为什么跟了你，就一定会比跟他好啊？”

一向不以物喜不以己悲的易晓生有些急，道：“肯定的啊。”一低头，看见叶一朵已经笑抽抽的脸，摸不着脑袋道，“怎么，你笑什么？”

这是叶一朵有生以来，头一次觉得占了上风，戏弄了易晓生。她心里觉得又好笑又满足，简直欲罢不能。她故意皱着眉头，一脸无辜道：“我当然不知道跟你是不是比跟他好啊，因为我又没有跟他再好过，没有跟他结过婚，生过孩子啊。”不等易晓生反应过来，叶一朵便砸了一个靠枕过去，道，“什么孩子啊，你在机场看见的那是我姐姐的孩子，我在美国待了那么久，都是住在姐姐家，后来也和他们一起回国，在机场的时候，碰巧遇到了程然而已。你倒好，问都不问，觉得我就已经是别人老婆，还生了孩子，大哥，你算算好吗？我去美国才多久，我孩子都能爬了吗？你有没有常识？”易晓生还是头一次被叶一朵说的回不了嘴，但是下一刻，他却突然笑了出声。叶一朵见他这样，顺势又踢了一脚，“还要帮我养孩子，看样子，你爱我爱的是不是不行不行的啦？对了，你刚刚还夸我什么来着？很有写作天赋，迟早会成功？你再说一遍，再夸我一下，你好像从来都没有夸过我呢……”

易晓生脸色绯红，被叶一朵窘的说不上话来，却又故作镇定道：“哪有什么爱你爱到不行不行的，分明是你爱我爱到不行不行的。”说罢又抬手蹭了蹭下巴，起身要往楼上。

叶一朵站起身来，从后面一把将他抱住，说道：“你不在家的时候，我来过这里，看见你给我准备的零食，看见角落的圣诞树，看见你书房抽屉里我的肖像画，还有，你从学校里偷回来的砂锅……”

易晓生松开她环抱过来的双手，转过身，解释道：“那是我和食堂阿姨买的，不是偷回来的。”

“好嘛好嘛，就算不是偷的……”

“什么叫就算？”易晓生有些不大淡定，瞬间反应过来什么似的，道，“你在我不在家的时候，来过我家？”

叶一朵点头，供认不讳，正要接着升华易晓生对自己的感情，不想外头的门铃又响了起来。两人面面相觑之后，易晓生拉着叶一朵前去开门。

门外站着一位故人——王晓鸥。王晓鸥的身旁放着一只行李箱，看见易晓生后，目光立即落在了叶一朵身上，随后又看见了两人握着的手，冷静地说了一句："恭喜。"

叶一朵反而有些不好意思，挠了挠脖颈，看了看易晓生。易晓生倒是一如既往的没有什么表情，冷冷问道："你怎么又来啦？"

王晓鸥依旧没有因为易晓生的表情生气，十分淡定地回复道："你母亲大人让我来的，想必是还想撮合我们俩，虽然身处国外，仍旧被这种传统压力束缚，我原本打算来和你谈谈这件事情，要不我们俩凑合一下得了，我也不需要你的肉体，想必你也不需要我的肉体，因此我们只要有结婚的名义就可以避免很多麻烦，但是现在……"她目光落回在二人牵着的手上，耸了耸肩膀道，"现在我们还是……人类常说的那种朋友吗？"

易晓生看了看叶一朵，道："问她。"

叶一朵"啊"了一声，她还沉浸在刚刚王晓鸥说什么要和易晓生"凑合""肉体"的话里头，没有反应过来，等到易晓生这话说出口，她才回到他们的对话中来，连忙道："他的灵魂和肉体都是我的，你不要对他有非分之想啊。"

王晓鸥无奈地看了一眼叶一朵，眼神里写满了"这愚蠢的人类啊"的神色，点点头道："既然你和你喜欢的人在一块了，虽然有诸多不配，但是人类的感情嘛，魅力似乎就是在这些不可能的事情反而会发生，并且产生奇妙的化学反应里面，哦，对了，如果我不住在你这里，我的预算里超出的部分，请你补贴给我。”

叶一朵虽然没有听明白她到底说了些什么，但是听见最后一句迅速明白了过来，连忙道：“给给给！”

易晓生点头道：“我女朋友说给，那就给。”话说得一本正经，但是语气中充满了哈着另一半的意思，让王晓鸥震惊了，不可置信地摇了摇头，叹了一口气转身而去。

叶一朵回过神来，问易晓生道：“刚刚，她说什么诸多不配，是个什么意思？我不配你吗？但是我这么好，这么美，这么机智，难道我还不配你？”

易晓生揽过叶一朵道：“怎么可能，分明是说我不配你。”

叶一朵这才放下心来，舒了口气，蹭了蹭易晓生道：“快跟我说说，你没有我的日子里，是怎么生不如死的？”

……

《等爱》的反响十分好，叶一朵在圈内的身价也涨了很多，宋主编找她聊了聊关于开专栏的事儿。宋主编维持着一贯的冷静是这样说的：“价格呢，就是这个价格了。专栏的内容，老总的意思是让你做一栏情感答疑顺带指导迷茫男女的爱情问题，我已经帮你拒绝了。你现在的智商和情商，不，你以后的智商和情商，都不足以做这个专栏。所以，我给你量身打造了一个小品文的专栏。你看一下具体的方案策划。”叶一朵虽然觉得宋主编否定了自己的情商和智商，但却无言反驳，看见了宋主编为自己量身定做的方案，十分感动和钦佩，一口就答应了下来。

易晓生的设计立即就要进行，他只接受了之前迈克刘的一个访问，然后就换了个号码，用于和叶一朵以及自己公司联系。他很快就要回到Z城的公司里去，并告之叶一朵行程安排，叶一朵从来没有像现在的阶段，如此感谢自己的职业，不但经济上终于独立了，最重要的是，她的工作很自由，不受地点和时间的限制。她听见行程后的第一反应就是拍拍胸脯道："你看哪，像我这样优秀的女朋友，是戳瞎眼睛都找不到的。"说罢做了一个戳瞎双眼的动作。

易晓生倾身上前，按下叶一朵的手，捏在手心里，道："戳瞎眼睛自然是找不到的。"见叶一朵要扑过来，一把将她搂住，哄小猫似的道："我什么时候去拜访一下你父母？"

叶一朵笑着道："我爹妈对你比对我亲多了，还拜访，啧啧，真够假惺惺的……什么？你要拜访他们，是几个意思？"她凑到易晓生前面，揉了揉他的耳朵，又捏了捏他的脸，问道。

易晓生不理会她折腾自己，腾出手打开了手机，直接搜索了"去丈母娘家拜访要买些什么"，叶一朵看见丈母娘三个字，嘿嘿嘿地乐呵起来。易晓生无奈地将她搂进怀里道："你笑起来真的很像小弱智。"

……

叶一朵和易晓生在一起的事情，并没有第一时间告诉母上大人，但她每天在家的状态完全是一副飘飘然的模样，让叶母生疑了好几回，但怎么也没有往情感方面想，无非是觉得叶一朵这样“小人得志”的模样可能是稿费多了一些钱而已。直到一个人的拜访，让叶母这段时间的疑问迎刃而解。

当天下午，叶一朵正在哼哧哼哧地洗头，楼下门铃响了几声，过了好一会儿，叶母趿拉着拖鞋走到了二楼的洗手间，双手交叉置于胸前，用无比冷静的口吻道：“我说你这几天不大对劲，原来如此。他来楼下了。”

叶一朵边冲洗着头发边吃惊地道：“这么快……就来啦？”顿了顿想起那天在易晓生家里，他在电脑上搜索去丈母娘家要带着些什么，于是抹了一脸水侧脸好奇地问道：“他是不是带东西来啦？”

叶母嗯了一声：“带的还不少。”

叶一朵笑了笑，更好奇了：“都带了些什么吃的啊？”

叶母咂咂嘴，带着嫌弃的滋味摇头道：“这些年，没少你吃少你穿，即使在你最贫困的这几年，爸妈也没有遗弃你，你这么庸俗这么拜金，到底是跟谁学的？”说罢转身下楼，“快点下来。”

叶一朵用干毛巾擦着甩在脑袋前长发，突然想起两年前的圣诞节，易晓生来找自己，自己也是这副模样，于是动了捉弄他的心思，故意将头发垂在脑袋前面水哒哒地下了楼，一路轻车熟路，看见了沙发一角的一双男人的脚，便低着头颠颠地走了过去，一边走一边道：“看，我这样像不像鬼？”

沙发一角的男人带着笑意回应道：“像。”

虽然只有短短的一个字一个发音，但是叶一朵立即醒悟过来，这个人不是易晓生，她迅速拨开眼前的长发，在湿漉漉的头发帘的空隙里，她看着眼前的人，说不出一个字。

坐在沙发一角的程然，冲她笑了笑，虽然他比从前瘦了一些，举手投足间带着一股子成熟的味道，可是他的眼神里，却比上一次见面时多了几分宠爱。“我从美国回来了，在s市开了自己的公司，已经过了过渡期，现在的发展还比较稳定。”程然平静地说着，他的眼神从始至终都看着叶一朵，充满了真诚，“我之前打了几次电话给你，你没有接，我换了号码，想你是不是不接陌生的号码，但是心里有些急，所以，我干脆就来了。”说罢起身对一旁冷静地看着这两人的对话至今不发一言的叶母道，“唐突了，伯母。”

叶母微微点头，继续旁观这两人，面无表情。

“从前，我连告别都没有勇气。和你分开的这几年，我相过亲，可是却没有爱上过别的女孩子，只有想起你，只有你才是我心里的另一半该有的样子。我希望我自己拥有这个年纪应当有的成熟和担当，所以我回来后并没有立即联系你，先稳定好事业，然后……我来郑重地向你说——叶一朵，做回我女朋友吧？”程然的声音到了最后有些紧张地颤抖。

叶一朵忘记擦头发，湿漉漉的水滴滴在脖子里她觉得有些难受，用毛巾擦了擦脖颈，才道："你说什么？"

"做我女朋友。"程然笑着道。他的声音依旧很温柔，外头的阳光透过窗户洒了进来，好像这些年的光景都不曾错过。

叶一朵看着这样的程然，突然有些恍惚，她一下子觉得这个从记忆深处里翻出来的人，是那样的陌生又疏离。他站在那里，好像一副美得不行的画，但是从很早很早以前，她已经从他的那幅画里退了出来，成了一个旁观者，而如今，连旁观者都不是。她有自己的画，画里有属于她的那个人。

叶家的门被推开了，两手拎着礼品来的易晓生一边低头换鞋，一边道："小朵，忘记关门了。"随着易晓生轻轻扣上门，门锁发出的响声后，客厅内的三个人都将目光移向了玄关处越来越近的易晓生。叶母并没有出言救场的意思，相反，她原本平静的眼光里透露着一丝丝兴奋的意思，叶一朵迅速捕捉到了叶母眼里的情绪变化，回以一个"你是不是我亲妈啊"的眼神，被无情无视。

叶一朵万万没有想到程然会找上门来，她前几天似乎是有那么几个电话没有接到，可她着实没有什么印象，如今到了这个时候，她有些慌张的是，千万不能让易晓生误会，虽然此前她大大咧咧地嘲笑了易晓生没有常识误以为自己和程然有了孩子，但是她知道那种沉浸于对方已经有伴不去打扰的感受，她不想易晓生难过误会，所以她迅速做了一个这样一个举动——叶一朵一把拉过易晓生的胳膊，道：“这……这是我男朋友，我已经……已经有男朋友了！”顾不上思考母上大人是否能接受，只是生怕自己立场不够坚定让程然误会自己还有机会，所以她眼睛一闭心一横，干脆凑上去对着易晓生的脸颊“吧唧”亲了一口！

叶母坐在一旁的单人沙发上，看见此情此景，扯了扯嘴角不忍直视地将目光移开了去，低下头优雅地喝了一口茶。

程然看见这样的情形，哑然失笑道：“一朵，为了不做我女朋友，你也太拼了。”

叶一朵正要松口气，沉浸在自己应变能力之快上，听见程然这话，愣了半晌没有说话。

就在叶一朵沉默的空隙中，易晓生将手中的礼物放下，然后对着叶母道：“阿姨，我和小朵在一起了。”他的声音平缓而沉稳，正式且严肃，没有半点玩笑的意思，让叶一朵突然窜出来弄得搞笑的氛围一下子回归到了应该有的轨道上。

程然的笑意从脸上逐渐敛去，与之相反的是，坐在一旁一声未出的叶母，换了个坐姿，露出了一丝笑意，带着几分玩味看着面前的三个人，低头喝了一口茶。

程然低头笑了笑，道：“如果你喜欢她，早一点……至少，我离开的时候，你就可以和她在一起，而不是现在这么突然，我没法相信，晓生，这像是一出恶作剧，我没法相信。”程然笑得很尴尬，说话的内容也有些颠三倒四，末了，他走到了叶一朵面前，挤出一丝微笑道，“一朵，我……这不可能……你是在报复我当年的不辞而别吗？”

“如果是报复，我该在你不辞而别的时候，就和晓生在一起。”叶一朵回答完，她发现易晓生的眼神里充满了一种不可思议，这个不可思议的目光透露的是——你竟然有逻辑如此清晰头脑如此清醒的一天，叶一朵恨恨地瞪了一眼程然。其实她此刻内心世界十分复杂，但是在那么一瞬间，她只想着的是——保护易晓生，对，保护，她像守护儿时的毛绒玩具一般，生怕会让他受到一点点的伤害，她何尝不知道，在自己错过的那些年里，他受到多少委屈和心酸，叶一朵虽然不会直接地表达，但是她心里明白得很。王晓鸥问易晓生还能不能做朋友的时候，易晓生将选择权给了叶一朵，她还有什么理由，在此时此刻，让易晓生尴尬难堪呢？

“程然，我一直很喜欢小朵，在很久很久以前，发现自己喜欢她的时候，她已经和你在一起了，为了不让我们尴尬，也为了……不让她因为我是单身而有所顾忌难做，我一直告诉你们我有交往的女朋友。”就在叶一朵准备再次出声的时候，易晓生先说了话，他并没有以一个胜利者的姿态来表达自己的感受、陈述眼前的事实，听见他说这样的话叶一朵愣了愣，因为易晓生从来没有在她面前说过这样的话，她不太忍心去追问那段时间里他的心路历程，但是易晓生平静无比地陈述着这段话，没有炫耀，没有作为筹码威胁谁的时候，触动了她的心。

程然没有注意到叶一朵内心的变化，转身面朝叶一朵的妈妈，有些紧张地说道：“阿姨，我……是真心喜欢小朵的。”

直到此刻，程然才算相信，这不是一出恶作剧，但其戏剧冲突上来说，堪称剧本范本，他站在原地，尴尬的笑容僵在脸上，往门口慢慢走去。易晓生看此情形，并未流露出得意的神色，他看了叶一朵，轻柔道：“你去送送他。”末了从沙发上拿起一顶绒线帽，扣在叶一朵的头上道：“快点回来，还要吹头发。”

叶一朵看着易晓生，她太明白眼前这个男人了，他可以说出这样的话，不是试探，不是打趣，而是一种尊重。叶一朵点头，追了出去。

屋外阳光未落，懒散着发着光，一股子有气无力的模样，叶一朵喊了一声“程然”，程然的脚步轻轻顿了顿，终究没有停下。叶一朵追了上去，与他并肩而行，她正在想要如何开口，程然却先出了声，带着一丝寂寥一丝狼狈：“你和我告别的时候说，我回来，你不一定会有档期，原来是真话。”他侧脸看了看叶一朵，无奈地笑了笑，垂下头去，像是被雨淋了的洋娃娃，然后道：“其实我们在机场遇到的那次，你就已经放下了我对吗？我已经是快奔三的人了，放心吧，我不会再做出让彼此尴尬的事情。”他停下脚步，抬手想要揉一揉叶一朵的脸颊，像从前那般，可是悬在空中还是收了回去，他知道得很清楚，他选择不辞而别的时候，就已经彻底断开了。

叶一朵站在原地，看着他一系列的举动，有种浮生若梦恍若隔世的感觉，刚刚程然口中说“已经是快奔三的人了”，让她无比心酸，她爱过程然，在青春最美的年华里，虽然最后的分手有些凄惨，但是大部分时候他们很快乐。叶一朵看着越过自己继续前行的程然，喊道：“程然！谢谢你！”爱情的千回百转，终会有多种情绪来画上句点，有些是埋怨、有些是仇恨，但是这一刻，叶一朵对程然只剩下了感激，谢谢你，曾经住在我心上，有过悲伤有过不解，但是最终，但我们的人生彻底分开的时候，我还是谢谢你，抑或是谢谢命运的这一场安排。

程然站定，迟迟没有转身，只是微微侧了侧脸，然后点了点头，他没有回头直视她的勇气，最终大步流星离开，走得快又决然，不曾回头。

叶一朵站在原地没有追上去，她想起很多次她目送过程然的背影，他穿着校服、他穿着运动衣、他穿着衬衫……那一路远去的背影，是她的初恋，是她最初的懵懂和悸动，是她曾经欢喜悲伤与共的人。叶一朵转过身，往家里慢慢走去，路边梧桐、房前的栅栏、伫立的邮箱……十年如一日，伴随她的蜕变和成长，她的初恋也好、她的青春也罢，她感谢程然给她带来的快乐与忧伤，到如今已没有半点埋怨，悉数只剩下感恩与祝福，或许，只有千帆过尽后的雨过天晴，才最自然吧。可以爱，可以忘，是人生的奢侈。

在叶一朵送程然出门的这段时间里，程然和叶母发生了如下的对话——

“阿姨，我对小朵，是真心的。之前那个女生，是妈妈觉得我们合适介绍的，我和她没有谈过恋爱。我妈妈一直不知道我喜欢小朵的事情，如果知道，她会很高兴。”

“那个女生的情况我从你妈妈的口中了解了一些，我个人认为，你们更般配。”

“阿姨，我对她没有一点儿那方面的想法。我只对小朵一个人有想法。”易晓生一脸真诚。

“……”

“我在Z市的公司有稳定的收入，曼安的设计后，销售应该会有所提升，所以养着她问题不大。”

“但是她很懒。”

“没关系，她不用做家务，想吃什么我给她做，家务我来做，我没有时间就请保姆。”

“而且她很蠢。”

“没关系，我不蠢。”

叶母终于起了身，往楼梯方向走去，一边道：“你用不用出去看看她？”

易晓生坦诚地回答道：“不用，那毕竟是她的初恋，应当好好告别才是。”

叶母嘴角微微浮动，转身说道：“晓生，你是我看着长大的，你和小朵的事情……”

易晓生觉得曼安最后的设计竞选也没有此刻让他紧张，他看着叶母大气不敢出。

“不可以退货的。”叶母丢下这句话，端着咖啡杯不紧不慢地回了楼上的房间。

易晓生站在楼梯处，细细回味叶母刚刚的那句话，突然间傻笑了起来，然后用手背蹭了蹭下巴。他侧身微笑的模样落在了叶一朵的眼里，她没有像从前那样条件反射地嘲讽他，只是站在玄关处静静地看着他，突然间她觉得自己与他好像经历了沧海，到如今才重新认识了一样。刚刚走的那个男子，带走她的青春中重要的部分，而眼前的这个男子，却见证了、参与了她的整个青春，用最温润、最体贴的方式存在着，不露痕迹、不曾离去。叶一朵是幸运的，更幸运地是她清楚地知道自己是幸运的。

易晓生转身看她，面露难色道：“似乎有点难办。”

叶一朵停住靠近他的步伐，愣了愣，脑海中浮现出一系列的猜测，最终这些猜测都指向唯一一种可能——母上大人嫌弃自己配不上易晓生！于是她罕有地头脑清晰地想出了应对的法子：“我现在赚的比从前多多了，而且……而且我以后会更努力，我相信我妈以后肯定会同意的。我可以和你去 z 市，你知道，我是有一颗不羁放荡爱自由的心的，只要能和你在一起，我可以在所不惜……”

话说到这里，终于让易晓生听不下去了，一把将叶一朵搂了过来，道："你除了蠢，其他都还蛮好的。"

……

叶一朵自然不知道，自己能够拖着行李箱和易晓生奔向Z市之前，叶父和易晓生有过一场谈话。

叶父对于叶一朵和易晓生的事情上，是整个家里听说了此事后，最不舍的一个。而其他的人反应普遍在——"易晓生确定是真的喜欢我们家朵朵吗？""虽然有点意外，但是不得不说朵朵的命还是很好的"以及"赶紧把握住，错过这班就没有了"。唯一觉得这并非是什么值得高兴的事儿的是叶父。

叶父和易晓生是这么说的："小朵是我的女儿，你纵有千万般的好，在我看来，总还是会挑剔出毛病的。譬如……"叶父顿了顿，咳了咳嗽，道："总是会挑出毛病的，对吧？"

易晓生连忙点头说对对，又给叶父添了点茶。

叶父打量了番正襟危坐的易晓生，叹了一口气道："她从小不愁吃不愁喝的，我倒不是担心你以后给她过不了好日子，就是……就是以后不要总是从智商上碾压她，你看她，虽然笨笨的，但是……但是也很可爱嘛。"最后的转折叶父明显下了点决心。

易晓生连忙点头说对，又给叶父添了点茶。

叶父看着已经快漫出来的茶水，补充道："要常回来看看。”

易晓生连忙再点头，抬起茶壶又要添茶才发现茶杯里的水都快漫出来了，赶紧恭敬又讨好地笑了笑，轻轻搁回茶壶。

在那次的会谈里，两人都竭力想要表现得很轻松，却又都有些紧张和忐忑，因此会谈进行的非常……沉闷，好在最后叶父是同意让叶一朵和易晓生同去Z市了，也算两人不枉费一下午的干耗枯坐。

叶一朵离开S市的那一天，万里无云，天气好得不像话。易晓生一边帮她整理最后的行李，张罗着她的小茶杯、睡觉用的靠枕等等零碎的小东西有没有带齐之类，叶一朵也都逐一做最后的清点，在一旁喝着咖啡袖手旁观注视着两人的叶母摇了摇头叹了一口气，道：“叶一朵，我到底把你养成了多废物的一个人呢？”

易晓生连忙圆场道：“不废物不废物，挺好。”

叶一朵转怒为喜，带着沾沾自喜的口气道：“妈，易晓生说我不是小废物。”

叶母和易晓生对视一眼，默契地笑了笑。

关于“小废物”的讨论，在他们离开S市的时候，杜可曾经郑重提出过这一点。首先他看见了对面两人紧握着的双手，感受到了世界最大的恶意，颇为不舒服，最终叹了一口气，对叶一朵说：“虽然，我很不喜欢你，但是我会试着喜欢你。”

易晓生微微一愣道：“你为什么要喜欢我未婚妻？”叶一

朵听见未婚妻三个字，心里甜得不行，有些不好意思地看了看易晓生。

杜可听见未婚妻三个字似乎被什么戳了一下，又看见两人这样默契的互动，无奈地看了一下叶一朵，带着一种“你丫赚翻了”的眼神，道：“看样子，没有翻盘的机会了。”

叶一朵又是一愣，看见杜可吃瘪的样子，心里有些暗爽，道：“是呀，其实我是很有实力的呢。”

杜可冷笑一声道：“你的实力体现在你的运气上。”

叶一朵没有听出讽刺的意思，连忙点头道：“那就是我的实力！”

杜可完全被打败的模样，冲易晓生摇了摇头道：“我可不能走你这条路，我得喜欢和我类似的人，比如……”

易晓生看见杜可破天荒地提到男女感情问题，来了兴趣：“比如？”

“王晓鸥就很好。”杜可说道。

这次轮到易晓生和叶一朵相视一笑了。

22

千帆过尽后的同行，似乎将曾经沧海的过往一笔带过。

前往 Z 市的生活，并没有过多的出彩也没有什么失落，易晓生一边忙于公司，一边也会抽出时间陪伴叶一朵。尽管如此，两人的相处时光却仍旧算不上多。通常叶一朵早上醒来的时候，易晓生已经去公司了，厨房的豆浆机里有做好的豆浆，屋里散发着浓郁的豆浆味，暖暖的，洗漱间里的牙刷上有挤好的牙膏。中午会有易晓生帮叶一朵叫到家里的外卖，白天的时候叶一朵就写写稿子，有时候会出门跑跑步，心情格外好就会等易晓生下班回来，有时候易晓生有应酬，她就关在书房里写稿子，经常在书桌边睡着，等到第二天醒来通常都在床上。

叶一朵常常想，她和易晓生错过这么些年，现在走到了一起，过程里要说惊心动魄的可真没有，想想那些论坛里常见的浪漫的表白云云，叶一朵和易晓生已经直接跨入了相濡以沫的稳定生活里。她心里头总是有些落寞，可是又总觉得自己一把年纪了还矫情实在不应该，因此只要赶稿子忙起来，她倒也不再多想了，叶一朵将这种小情绪归纳为“闲得慌”。

忙到昏天暗地的易晓生，有时很晚回家，看见在书桌旁睡着的叶一朵，都会将她轻轻横抱回床上，他觉得自己在床边看她熟睡的侧颜，是一天最放松最幸福的时刻，所有的奋斗的疲惫在她熟睡的脸庞面前，都是那么的值得。但是他总觉得他们之间，似乎少了一些什么。直到他那晚开车回家的路上，看见一个穿着巨大轻松熊玩偶装扮的男子，跪在路边和自己的女友求婚的情景。他将车子停靠在路边，安静地目睹着全部的过程，求婚男人笨拙却又真诚的举动，打动了身为路人的他自己。

叶一朵接到易晓生要出去度假的消息，是在稿子卡壳正在焦头烂额的时候，她十分火大的对着电话那头道：“写不出来你还要添乱，这是我的事业，事业你懂不懂？哪里有心思去玩！”易晓生只好讪讪地挂了电话，用手背蹭了蹭下巴，他对叶一朵莫名的火气总是习以为常，尤其她在口口声声喊着事业的时候，他竟然觉得是那么那么的可爱，然后自言自语道，“我老婆真可爱。”接着陷入到了一种自我陶醉之中。

叶一朵最终还是要和易晓生去度假的。

易晓生回到家中，开始收拾行李，叶一朵看着他问他是不是要出差，但是发现他收拾的都是自己的衣服为主，有些纳闷。易晓生一边收拾一边像想起来什么似的道：“我们去帕劳，那边水清沙白，我还带了相机，想要拍很美的你，但是我不知道哪些衣服最适合去海边，如果因为衣服没有选好，把你拍的不好看，可是不能怪我的……”叶一朵跳下床，赶紧麻利地开始收拾自己的衣服，想到帕劳这样地方，她将漂亮的裙子T恤都塞进了箱子里，易晓生坐在地板上看着她忙碌的身影，手背蹭了蹭下巴嘴角轻轻动了动。

对于说走就走的旅行这种事儿，叶一朵从来没想过会发生在易晓生身上，在她看来，易晓生简直是集了智慧和冷静于一身的人，这么心血来潮的冲动事儿永远不会和他沾边。但是当他们站在帕劳海边的时候，一个浪将叶一朵扑倒，她终于清醒了过来，这一切真的不是梦。虽然眼前的易晓生仍旧是云淡风轻的模样，可是行为举止却有些与众不同，因为连叶一朵从海水里爬起来如此狼狈的模样，他都没有嘲笑她，这让叶一朵很不安。但是很快，一个浪将神情略微恍惚的易晓生扑倒后，她大笑着飞奔而去，好像抢先了什么似的，她跪在碧蓝海水中，一边拉着易晓生的胳膊，一边道："哈哈哈，你和我一样被浪打下去了哎……"恐怕叶一朵自己也没有想到这句话里，暴露了她内心深处早就认定易晓生会高自己一等的潜意识。

海水淹没了他们半个身子，易晓生罕见地没有揶揄她损回去，而是一本正经地望着叶一朵，这让叶一朵摸不着对方的套路，咽了咽口水道："你……这个，不顶回来，我还是不大适应的……难道刚刚你脑子进了海水？"

"嫁给我吧。"易晓生直愣愣地说道，仔细瞅他的下唇，可以看见在微微发颤，他紧紧握住叶一朵的双臂，两人身上的衣衫早已经被海水打湿，此时此刻谁也顾不上了，他继续说道，"我本来计划是给你一个新奇的求婚，在潜水的时候，让水母珊瑚或者经过的白鲨做个见证，但是觉得你那么蠢，万一潜的太深，你一激动，生意外的可能性更大，因此不能冒险。"叶一朵看着喋喋不休的易晓生，突然笑了出来，她知道他此刻一定紧张极了，所以才会用多说话来掩饰，她心里乐开了花，所以笑得龇牙咧嘴，连连点头道："除了我蠢还有别的可说的吗？快说下去快说下去啊……"她没有想过易晓生会跟自己说这些肉麻的情话，更别说求婚这码子事儿了，她得意地自然忘了形。

易晓生的目光温柔起来："叶一朵，为了能像现在这样站在你面前，我走了十五年，大概有你陪伴的缘故，因此从未觉得长，到了此时此刻更加觉得值得。曾经最害怕的是我爱你，与你无关，现在能爱你，告诉你，我能和你走到一起，是多么弥足珍贵。小朵，我爱你，从很久很久以前，这样的爱会延续到很久很久以后，这些年，我感谢你，感谢你曾经住在我心上，也请你一直住下去，好吗？"海潮从两人的半身处逐渐褪去，露出白色柔软的细沙，还有已经单膝下跪的易晓生，他牵过她的手，虔诚地吻了一下，抬头看他，清澈的眸子里，是始终如一的爱意。

叶一朵想说些感谢的话，也想说些我爱死你了的话，可一句也说不出来，她的手被他握着，带着些海水的湿润，又带着他手心里的温度，蓝天白云水清沙白再美好，在这个人面前，不过是个陪衬。多好的年华多好的人。

"戒指呢？"这是叶一朵开口的第一句话。虽然与之前的话题格格不入，却直切了要害。

易晓生回过神来，一脸震惊，摸了摸自己的口袋，抬头对叶一朵道："好像刚刚被海水冲走了！"

叶一朵一把甩开他握着的手，撒丫子往大海方向跑去，一边道："一个戒指都看不好！"

易晓生看着她的奔跑的背影，沙滩上留下的脚丫痕迹，直起了身，用手背蹭了蹭下巴，浮起嘴角，脸上带着熟悉的微笑，一手抄在沙滩裤的裤袋中，缓缓往叶一朵的方向走去。

叶一朵自然徒劳无功，脸上满是焦急，奔回易晓生面前，道："怎么办，那戒指大不大啊，贵不贵啊？你看看，说没就没了……"

易晓生一本正经地回答道："很大的，花了五十万……"

叶一朵心中割肉一般，脸色狰狞，急得有些跳脚道："意思一下就好了啊，干吗买那么贵的啊？……"

易晓生将抄在口袋里的左手拿了出来，拇指与食指指尖攥着一枚戒指，道："这只也就意思意思，没有五十万，你要不要？"

叶一朵激动地又要跳脚，连忙道："你竟然买了两个？"一愣，又道："你刚刚骗我，戒指没有丢对不对？！"

易晓生一把握住叶一朵的手，毫不犹豫地往她的无名指上套上，使劲地吻了吻，带着满足的目光看着叶一朵道："我的！"

叶一朵一把将她脖子揽住，两人顺势倒在了沙滩上，水清沙白碧空尽，他们这些年的误会错过终于成了过去。

五年之后，帕劳。

易晓生躺在沙滩上，看着叶一朵跑来，将汽水递给她，叶一朵满头是汗，腿肚子上还沾着细沙，顺手接过来，半跪在沙滩上，喝了一口，有些不满地抬起眼皮，瞪了一眼易晓生道："怎么一点都不冰，我都快热死了。"

易晓生看了一眼蓝得通透的天，目光落回叶一朵的身上，道："热的时候，最解渴的一定不是冰水……"

叶一朵想想也是，喝光了玻璃瓶中的汽水，推了一下易晓生道："你看看，结婚了这么久，好容易出来一趟，你就知道在沙滩上晒太阳，一点都不浪漫……"说到浪漫两个字，她突然想起来什么似的，直勾勾地看着易晓生道："对了，我说，你为什么想起来给我求婚，反正那个时候我都已经是你的人啦？"

易晓生一手垫在后脑勺下面，一手蹭了蹭下巴，然后将叶一朵揽在了怀里，道："结婚办酒席，都是给旁人看的，只有求婚，是属于我和你的。"

叶一朵突然觉得满是甜蜜，抬头看了看易晓生，忍不住捏了捏，刚要说话，身边的小不点扑了过来，使劲摇晃着叶一朵道："妈妈，你快陪我玩沙子，不要学爸爸偷懒……"

易晓生耷拉着眼皮，语速平缓对着他和叶一朵的三岁的儿子绵绵，道："爸爸没有偷懒。"

"那你和我们玩游戏呀。"绵绵睁着大大的眼睛瞅着易晓生不放。

叶一朵接过绵绵递来的挖沙工具，附和道："对啊对啊，你不要偷懒，一起和我们玩游戏呀。”

易晓生纹丝不动，又道：“我们玩一个游戏吧，你们把我埋起来。”这话说完，叶一朵开心地挖着周围的沙子，一边往易晓生身上堆着，一边指挥着旁边的儿子道：“快，学妈妈这样，就能把你爸爸埋起来了。”

绵绵丢下手中的挖沙工具，冲着叶一朵翻了个白眼，似乎懒得与她计较，然后用指头戳了戳易晓生，道：“爸爸，我说，你以为我跟妈妈一样，你这样我就看不出来你偷懒了吗？”

……

图书在版编目（CIP）数据

谢谢你住在我心上 / 连三月著. —北京：现代出版社，2016.12

ISBN 978-7-5143-4594-0

Ⅰ. ①谢… Ⅱ. ①连… Ⅲ. ①长篇小说－中国－当代 Ⅳ. ①I247.5

中国版本图书馆CIP数据核字（2016）第257591号

著　　者　连三月
责任编辑　杨学庆
出版发行　现代出版社
通讯地址　北京市安定门外安华里504号
邮政编码　100011
电　　话　010-64267325　64245264（传真）
网　　址　www.1980xd.com
电子邮箱　xiandai@cnpitc.com.cn
印　　刷　三河市金泰源印务有限公司
开　　本　880mm×1230mm　1/32
印　　张　8.5
版次印次　2017年2月第1版　2017年2月第1次印刷
标准书号　ISBN 978-7-5143-4594-0
定　　价　32.80元

愿你杯中水常温，愿你伤心有人吻，愿你身边常伴心上人。